秘められた小さな命

サラ・オーウィグ 作

西江璃子 訳

ハーレクイン・イマージュ

東京・ロンドン・トロント・パリ・ニューヨーク・アムステルダム
ハンブルク・ストックホルム・ミラノ・シドニー・マドリッド・ワルシャワ
ブダペスト・リオデジャネイロ・ルクセンブルク・フリブール・ムンバイ

THE RANCHER'S SECRET SON

by Sara Orwig

Published by Harlequin Japan,
a Division of K.K. HarperCollins Japan, 2024

サラ・オーウィグ

大学で出会った元空挺部隊員と結婚し、オクラホマに住む。彼女の作品は26カ国語で翻訳され、全世界で1600万部以上の売り上げを誇る。USAトゥデイのベストセラーリストに登場しただけでなく、ロマンティックタイムズ誌で8つの賞を受賞するなど業界からも高い評価を得ている。

主要登場人物

クレア・プレンティス……不動産仲買人。
ニコラス・ミラン……クレアの元恋人。弁護士。テキサス州議会議員。愛称ニック。
コディ・ニコラス・プレンティス……クレアとニックの息子。
ヴァーナ・プレンティス……クレアの祖母。
カレン……ニックの亡き妻。
ピーター……ニックの父親。
イヴリン……ニックの母親。
ワイアット……ニックの兄。
マディソン……ニックの姉。
トニー……ニックの弟。
ダグラス・ジロー……ニックの家の料理人。

1

デスクの上の契約書に添付された名刺に目をやり、ニック・ミランは改めて衝撃を覚えた。昨夜初めて目にしたときは、まさに根底から揺さぶられる思いだった。

「クレア・プレンティス」

その名を口にするだけで、脳裏に姿が浮かぶ。この腕に抱かれてしなやかに身をよじる、黒髪に茶色の瞳の美しい女性が。その姿に胸が痛み、ニックは名刺をデスクの奥へ押しやった。もうすぐクライアントとの約束の時刻だ。通常どおりの不動産契約締結のはずだったが、仲買人がクレアだとすると、通常どおりというわけにはいかない。

彼女との再会を前にこれほど動揺している自分にも驚く。二人が恋人同士だったのはもう四年も前のことだ。四年前、クレアはぼくのプロポーズを断り、苦い争いの末に二人は別れた。ぼくは傷つき、クレアに怒りも感じた。だが過去のことだ。それなのになぜ、彼女の名前を目にしただけで動揺する？

もう過去の女性だ、ぼくの人生から姿を消した相手だ、と自分に言い聞かせる。きっともう結婚して子どももでき、祖父の経営する不動産会社を手伝う仕事のときだけ旧姓を使っているのだろう。

時刻を確認しようと目をやった手首が震えている。ニックは契約書をブリーフケースに入れ、クレアとのつらい思い出をしまい込むようにふたを閉めた。

待ち合わせ場所へ車で向かいながら、仕事に集中しようと努める。友人のポール・スミスに頼まれてしかたなく引き受けた仕事だった。昨日の夕方、ポールから電話があり、どうしても弁護士として同席してほしいと頼まれたので引き受けた。まさかクレアがかかわっているとは。彼女の仕事の拠点はヒューストンだ。なぜダラスの契約を担当している？　電話のあとすぐオフィスにポールから契約書が届いたが、忙しくて読むひまがなく、ようやく昨夜自宅に持ち帰った。読んだのが真夜中近くでさえなければ、他の弁護士を当たってくれと断ったところだが、気づいたときには手遅れだった。

　彼女との再会を恐れ、忘れたほうがいい思い出に悶々《もんもん》として、昨夜は眠れなかった。

　まもなく目的地に到着して車を停《と》め、ニックはダラス中心部の高層ビル街を吹き抜ける十二月の冷たい風の中に降り立った。オフィスビルのロビーで待っていたポールと握手し、〝他の弁護士に頼んでくれ〟と言いたいのをぐっとこらえて、エレベーターで二十七階にある不動産会社のオフィスへ向かった。

　両開きのガラス扉から入った二人を、買主の代理人であるブルース・ジャーニガンが出迎えた。

「こちらです。さっそく始めましょう。ご存じのとおり、売主は入院中で同席できないため、担当の不動産仲買人を法定代理人に指定しています」ブルースは先に立って長い廊下を進み、ドアを開けて黒っぽい羽目板張りの会議室に入った。

　ニックの視線はすぐさまクレアに吸い寄せられた。テーブルのそばに立っていたクレアがはっと目を見開き、テーブルをつかんだ。顔から血の気が引いている。ニックが来ることをたった今まで知らなかったようだ。ニックは覚悟していたが、それでも胸が締めつけられ、息ができなくなった。歩み寄って手を差し伸べながらも、彼女から目が離せない。二十四歳のころもきれいだったが、今のクレアは息をのむほどの美しさだ。

　クレアは冷静さを取り戻し、濃紺のテーラードスーツのジャケットを整えてニックの手を握った。

「久しぶりね」内心の動揺を隠した声で、震える指をさっと引っ込める。「また会えてうれしいわ、ニック。買主さんが弁護士同伴で来られるとうかがったばかりだったんだけど、まさかあなたとは」

手が触れ合った瞬間に走った電流のような感覚に、ニックはまた驚いた。二年前に妻のカレンとおなかの子を亡くしてから、心を閉ざし、女性に対して何も感じなくなり、性欲すらなくなったはずだった。それが今、クレアを目にしたとたん、心と体が反応し、揺さぶられた。こんな反応など必要ないのに。

クライアントの隣の椅子に移動しながら、ニックはクレアの全身に目を走らせた。長身に濃い茶色の瞳、黒髪を肩まで伸ばしたクレアは、四年前より洗練された印象だ。デザイナーズブランドの高級なスーツを着こなし、開いたジャケットからのぞくウエストは記憶どおり細い。

「さっそく始めましょう」ジャーニガンの声でニックははっとわれに返った。

それから三十分間、クレアを見つめたり過去に思いをはせたりすることなく仕事に集中するのは大変だった。書類を何通かコピーする間しばらく会議が中断したので、ニックはほっとして会議室を出た。自分のオフィスに連絡したり電話を受けたりしてから会議室へ戻ると、クレアがまた立っていた。

グラスに手を伸ばすクレアに、ニックは水のピッチャーを手に取った。クレアがちらりと見上げ、視線がぶつかった瞬間、また電流のようなうずきを感じた。ニックはクレアにほほえみかけ、温かくほっそりした手に手を添えて水を注《つ》いだ。

「ありがとう」クレアが言った。

「まだお祖父《じい》さんのところで働いているんだね」かつて彼女が家族を献身的に支えていたことを思い出してニックは言った。「お祖父さんは今も現役？」

クレアがかぶりを振った。「いいえ、祖父は心臓発作を起こし、その後軽い脳卒中もあって引退したの。長い間会社でしっかり鍛えてもらったから、二年前からわたしが後を継いでいるわ」

「すごいじゃないか、きみは家族思いだからな。会社は順調かい？」

クレアがかすかにほほえんだ。「ええ、おかげさまで事業は拡大し、いい物件もたくさん扱っているわ。あなたも弁護士としても政治家としてもご活躍で、ご両親はお喜びでしょう」

「ああ、とくに父がね。じゃあ、ぼくがテキサス州議会議員になったのは知っているんだね？」

「ええ。ちょくちょく新聞にも出ているから」クレアの頬がわずかに上気した。ぼくの仕事をチェックしていたことを知られて恥ずかしいのか？　ニックはうれしかった。自分はクレアを頭から追い出そうと必死で、彼女のその後についてもあえて調べずにいたが。

「立派なビジネスウーマンだ」そう言ってほほえみかけると、クレアがよそよそしい笑みで応え、ニックはまた切ない思いに駆られた。

「ありがとう。あなたも議員の仕事を楽しんでいるのでしょう。州議会は一月まで休会中だから、今はオースティンではなくダラスに住んでいるの？」

「ああ」他のみんなはもうテーブルに戻っている。もうすぐ契約も終わり、彼女も帰ってしまうだろう。なぜか、このまま別れたくないという気持ちがわいてくる。クレアに視線を戻すと、濃いまつげに縁取られた彼女の目もこちらを見ていた。ニックは胸を高鳴らせ、思わず言った。「今夜夕食につき合ってくれないか。積もる話もあるし」

クレアが目を見開いた。「奥さまが心配なさるんじゃない？」

みぞおちを殴られたようなショックに、ニックは一つ息を吸って答えた。「知らなかったのか……妻は二年前に交通事故で亡くなったよ。おなかの子も一緒に」

クレアは蒼白《そうはく》になり、さらに目を見開いた。全身に走る震えを抑えるようにテーブルに手をついている。あまりにも激しくショックを受けた様子にニックは驚き、彼女の腕をつかんだ。妙だな。ぼくが妻子を亡くしたという話になぜこれほど動揺する？

「大丈夫かい？」

クレアはわれに返ったようにぱっと顔を紅潮させ、つかまれた腕を引っ込めて体勢を立て直した。「ごめんなさい。ちょっと……個人的なことで――」そこで思い直したのか、型どおりのお悔やみを口にした。「ご愁傷さまでした」

もう二人で話せる時間はあまりない。「夕食に行こう。あまり遅くならないようにするから」

クレアがこちらを見つめてうなずいた。「いいわ。契約が終わったら携帯電話の番号を知らせるわね。そろそろ座りましょう、皆さんお待ちだから」

自席へ戻るとクレアの顔色がようやく戻ってきた。ニックも座って目の前の書類をそろえたが、さっきの彼女の反応が気になってしかたなかった。

これまでの人生で何があった？　彼女自身の恋人も亡くなったとか？　なぜあれほどショックを受けた？　今夜、食事をしながらきいてみよう。

一時間後、契約は無事終わった。他の出席者が言葉を交わす中、ニックはテーブルを回ってクレアに歩み寄った。

クレアがメモを差し出した。「わたしの携帯番号と泊まっているホテルよ」

「七時でどうかな？」

「いいわ。ニック、わたし――」

そのときニックの携帯電話が鳴り出し、彼はちょっと待ってと人差し指で合図した。この電話は受けなければならない。だが、二分後に振り向いたときにはクレアの姿はもうなかった。

　クライアントと挨拶して別れ、オフィスへ戻ったニックは電話対応に追われた。午後五時過ぎになって、ようやく今夜のことを考える余裕ができた。なぜクレアを夕食になど誘ったのか。四年前の別れはとてもつらく、修復不可能なものだった。なぜわざわざあの苦しみを繰り返すようなことをする？　当時のことを思い出すと今も胸が痛む。弁護士として、さらに政界でも成功しようと必死で、それを支えてくれる妻を必要としていた。だがクレアにとっては、自分自身の愛する家族を支えることが最優先だった。祖父の不動産会社を継いだということは、今もその状況は変わらないに違いない。

　何も変わっていないのだ。

　今夜の夕食は早めに切り上げよう。互いに近況報告をしてさっと別れる。そうするしかない。

　クレアはクライアントに贈る花を注文し、祝いのカードを添えた。ホテルへ戻り、クライアントにメールを送ってから、ようやく今日の出来事と今夜の夕食の約束について考える時間ができた。

　ニックのさっきの言葉が頭に浮かぶ。〝知らなかったのか……妻は二年前に交通事故で亡くなったよ。おなかの子も一緒に〟

　その言葉を聞いた瞬間、クレアはめまいに襲われ、気を失いかけた。ダラスになど来なければよかった、と目をこすってため息をつく。まさかニックと再会するなんて、夢にも思わなかった。

　なぜ夕食の誘いを受けてしまったのだろう。涙がこみ上げる。彼とは二度とかかわりたくなかったのに――でももう手遅れだ。四年前の別れを思い出すと今も胸が痛む。家族を支えなければならないわたしの事情をニックは理解しようとせず、自分だけのために人生を捧《ささ》げてくれと求めた。あのときは別れるしかなかった。そして今も、あのとき以上に困難な問題を前に、再び彼とかかわりたくはない。

　クレアはハンドバッグから財布を取り出した。息子の写真を見ると胸が締めつけられる。ニックの息子だけど、彼はその存在すら知らない。ニックと同じ青い瞳、濃い茶色の髪。かつて心から愛したニックと別れたあと、この子がおなかにいることがわかった。

　すぐ彼に知らせなかったのは、考える時間が必要だったからだ。二人で過ごした最後の日は互いに激しく非難し合うばかりで、当時のつらい記憶は今もなお脳裏に残っている。ニックからのプロポーズに、病身の母を介護しながら地元ヒューストンで祖父の仕事を手伝っていたクレアは、結婚などとても無理だと言い返した。ニックはクレアがワシントンＤＣに引っ越し、弁護士の妻としての務めを果たすことを望んでいた――そんなことは絶対に無理なのに。

　きみは自分の家族のことばかりだ、ぼくのことなどどうでもいいんだとニックは責めた。でも事情は全く違った。クレアの母はパーキンソン病と診断され、祖父も軽い脳卒中を起こして、どちらもクレアの助けを必要としていた――ニックが父親に認められることを必要としていたのと同様に。

　あなたが法曹の世界に入ったのはミラン家の伝統を守るためでしょう――あの日ニックに投げつけた言葉をありありと思い出す。ミラン家の男性は全員法律家になっている。だが、自分がクレア以上に家族に縛られていることが、ニックにはわからないようだった。

　二人で過ごした最後の夜、互いを責める言葉の応酬の末、ニックは荒々しくドアを閉めて飛び出していった。これでもう終わりだと知りながら、クレアも追わなかった。その日は夜通し、そしてその後も数日間、ただ泣き続けた。あんな思いはもう二度としたくない。

それきり、ニックは電話もしてこなかったし、クレアも話したいとは思わなかった。やがて、クレアは妊娠していることに気づいた。妊娠をニックに告げようかとも考えたが、また対立することを思えば黙っているほうが楽だった。ニックはさらに結婚を迫ってくるだろう。婚外子の存在など、政界での将来に傷がつくだけだ。

妊娠のことをどう伝えよう、これからどうしようと考えているうちに時が流れた。ある日友人から、ニックが婚約したことを知らされた。わたしと別れたとたん他の女性との結婚に走るなんてと、ショックと怒りがこみ上げ、ひどく傷ついた。おなかの子のことは黙っていよう。彼は結婚して自分の家庭を築こうとしている。この子のことなど知る必要もない。彼は自分の人生を選んだのだ。わたしも自分の人生を生きていくまでだ。

今日まではそう思っていた。でも彼は奥さまとおなかの赤ちゃんを亡くしたという。妊娠を知った日から初めて、クレアは息子の存在をニックに知らせなければと思い始めた。傷つけ合って別れてしまったとしても、彼に血を分けた息子がいることは伝えなければいけない。これからどうやって息子との時間を分かち合えるのかはまだわからない。でも、すでに一人子どもを亡くしている彼に息子の存在を隠しておくのは許されないだろう。

クレアは立ち上がって携帯電話を取り、家に電話をかけた。コディと話したくてたまらない。祖母が電話に出た瞬間、彼女は子どもに返ったように、胸の内を打ち明けて支えてもらいたい、導いてほしいという思いに駆られた。だけどわたしはもう大人だ。心配事を祖母にぶつけるのは控えるべきだ。いずれは話さなければならないだろうが、テキサス州内でも遠く離れた場所にいる今、聞かせる必要はない。

コディに代わって、声だけでも聞きたいのと言いながら、電話口を通してわが子を抱きしめられたらいいのにとクレアは思った。

　大好きな虫のことや魚の水槽のことをコディと話し、ナニーのアイリーンとも少し話した。彼女は週二回とクレアの出張時にコディを見てくれている。それからまた祖母と一時間近く話し、ようやく電話を切った瞬間に涙があふれた。現実がどうしようもなく迫ってきて途方に暮れる。ニックと父親、一族とのつながりはとても強い。きっとわが子を自分の人生に迎え入れたいと求めるだろう。コディを彼と分かち合わなければいけない。でも、どうやって？

　長い間ニックのことは考えないように努めてきたけれど、こうして再会し、今後は家族ぐるみでかかわっていくしかないと悟った今、彼のことが頭から離れない。思い出がいっきに押し寄せてくる。

　同じテキサス人でありながら、ニックと初めて会ったのはワシントンＤＣだった。クレアは大学の経営学科を卒業し、以前からアルバイトをしていた祖父の不動産会社で本格的に働き始めていた。セールスの研修でワシントンＤＣに来ていたクレアは、友人に誘われてカクテルパーティに参加した。マティーニのグラスに口をつける間もなく、会場の奥からこちらを見つめる青い瞳と茶色の髪の長身の男性と目が合った。その瞬間、全身が熱くなった。彼が乾杯するようにグラスを上げ、クレアも思わず笑みを浮かべてグラスを上げた。

　彼女はダラス出身の友人に向き直った。「あそこにいる茶色の髪の男性を知っている？」

「もちろん。ニック・ミラン、ここワシントンＤＣの一流弁護士事務所の弁護士よ。噂《うわさ》ではそのうちテキサスの政界に進出するらしいわ。ミラン家はテキサスの名家で、大金持ちなの」友人がはっと息をのみ、グラスを握りしめた。「こっちに来るわ。

お目当てはわたしじゃないみたい。またあとでね」

「待って。わたしは彼のことを知らないのよ」

「すぐ知ることになるわ」友人はそう言って離れていき、入れ替わるようにニックが目の前に来た。

　はっとするほど青い瞳に見つめられ、クレアの胸がさらに高鳴った。

「二人でここを抜け出さないか。ぼくはニック・ミラン、弁護士で独身だ。ジョージタウン在住で、きみと夕食に行きたいと思っている。きみは……？」

「クレア・プレンティスよ。これまで出会ったどの弁護士よりも単刀直入な人ね。わたしが今夜は夫と来ているかもしれないのに」

「結婚指輪をしていない。近くまで来て指輪が見えたら向きを変えていたよ。夕食に行かないか？」

「お誘いありがとう。でも、あなたのことを何も知らないわ。わたし、知っている人としかデートはしないの」

「慎重なのはけっこうだが、今回は特別だ。第一に、ぼくは安全な男だと断言する。第二に、ぼくたちがひかれ合っていることはきみも否定できないはずだ。だからデートしよう」

　クレアは笑った。「恥ずかしげもなく言うのね」

「自分のほしいものはわかっている」ニックは肩をすくめ、グラスをテーブルに置くと、クレアをまっすぐ見つめた。「もっと情報がほしいなら教えるよ。ぼくはダラス出身、今はワシントンＤＣのエイブラハムズ・ワイズマン・ウッテン弁護士事務所で働いている。顧客層も申し分ない。父はダラスで判事をしている」ニックはクレアの友人が去っていったほうをあごで示した。「さっききみが話していたジェン・ウエストはぼくのことを知っているし、悪い人間じゃないと請け合ってくれるはずだ。リディアにも話を聞いてから、挨拶してここを出よう」

　彼はクレアの腕に軽く手を添え、パーティ主催者のリディアのところへ連れていった。リディアは振り向いて二人にほほえみかけた。「あら、あなたたち知り合いになったのね」

「ついさっきね。リディア、ぼくの人格を保証してくれないか、クレアが夕食の誘いに応じてくれるように」ニックにまた笑みを向けられ、クレアは再び全身が熱くなるのを感じた。

「さあ、どうしようかしら」リディアがからかう。

「今の言葉でじゅうぶんよ」クレアはそう答え、ニックに向き直った。「お誘い、お受けします。あなたのことは夕食をとりながら聞かせてもらうわ」

「そんなことを言ったら真夜中まで終わらないわよ」リディアが言った。

「大丈夫、それまでには終わらせる」ニックがそう言ってまたクレアを笑わせた。「リディア、そろそろ行くよ。楽しいパーティをありがとう」

クレアもリディアに礼を言い、ニックとタクシーに乗り込んだ。連れていかれた店は上品な会員制クラブだったが、クレアはおいしいサーロインステーキもほとんどのどを通らず、長身ですばらしくハンサムなニックにすっかり心を奪われていた。彼の祖先が十九世紀にテキサスに入植したこと、共通の友人がいること、ニックが政界進出の野望を抱いていることなどを聞き、その夜のうちにクレアはニック・ミランに恋をした。

帰る前にぼくのホテルに寄って一杯やらないかと誘われ、クレアは同意した。三十三階のスイートルームの広々とした居間に足を踏み入れた瞬間、ニックに抱き寄せられ、クレアは眼下の絶景も忘れた。

「今夜は本当にすばらしかった。パーティ会場できみを見た瞬間、きみを知りたい、今夜デートに誘いたいと思ったんだ」クレアの唇を見つめてニックが言った。

クレアがつま先立って彼の肩に腕を回し、二人の唇が重なった瞬間、クレアの体が熱く燃えた。その夜は最初から彼との間に火花が散っていたが、唇を合わせたことで、欲望がいっきにあふれ出した。

そのまま二人はベッドをともにし、クレアはニックに言われるまま、さらに二日間を彼と過ごした。

そしてようやくタクシーでクレアを空港へ送り、搭乗を待つ間、ニックが次の週末は自分がヒューストンへ行って彼女の家族に会うと言った。三月に初めて出会ってから数カ月、週末ごとに互いの家を行き来し、六月にヒューストンへやってきたニックはクレアにプロポーズした。

夢にまで見た瞬間だった。四年たった今も、あの夜の出来事は昨日のことのように覚えている。

そんな記憶を振り払うように立ち上がり、窓からダラスの夜景を眺めても、ほとんど目に入らなかった。あの日のニックのプロポーズを何度思い返しても、出てくる答えはいつも同じだ――わたしは自分の家族を捨てられない。

プロポーズを断ったことで、激しい言い争いになった。ニックはその夜のうちにワシントンＤＣへ戻り、二人はそれきり連絡を絶った。彼と別れたことで心は傷ついたが、もしやり直したとしても結果は同じだっただろう。

コディのことをニックに打ち明けた結果、何が起ころうとも、これだけは確かだ――もう二度と彼と恋に落ちることはない。あの苦しみを繰り返すのはごめんだ。それに、二人の間の障害はあのころ以上に大きい。ニックの政界進出はすごいスピードで進んでいる一方、クレアは今も祖父母と同居し、祖父の会社を継いでいる。何より大きな問題は、二人の息子であるコディをどう分かち合うか、これから相談しなければならないということだ。

窓に映る自分の顔には不安げなしわがくっきりと刻まれ、瞳がかげっている。クレアは窓に背を向けた。できることならデートをキャンセルしてヒューストンへ帰り、ニックとは二度と会わないようにしたい。今夜がどうなろうと、彼に息子のことを話せばわたしは傷つくだろう。

ニックの結婚式から三カ月後、翌年二月にクレアはコディを産んだ。ニックにもいずれ子どもができるだろうと考えたクレアは、コディの存在を彼に告げる必要はないと心に決めていた。

けれども、今夜は話さなければ。これまで知らせなかった理由を彼は理解してくれるだろうか？　生まれてくるはずだった子を亡くした今、彼はコディを自分の人生に迎え入れたいと考えるだろうか？

今日のニックは感じがよかったが、四年前に初対面で口説いてきたセクシーな彼ではなかった。今夜デートに誘ってきたのもとっさの思いつきだろう。もし彼が妻子を亡くしていなければ、わたしもこのデートの誘いを断っていただろう。

ドレッサーの鏡に映るスーツ姿の自分を見つめる。今回の出張に持ってきたのはこのスーツだけだし、今日の午後、これでニックとも会った。確か近くに上品なブティックがあったはずだと、クレアはハンドバッグを手にホテルを出た。コディのことを伝えるときは、精一杯きれいにしていたい。

七時十分前、支度を済ませ、クレアは再び鏡の前に立って最後のチェックをした。祖父にもらった真珠のネックレスと自分で買った真珠のブレスレット、濃紺の長袖のドレス。ニックは新しいドレスに気づくだろうか。かつての彼なら気づいたはずだが、今の彼のことはよくわからない。

それを確かめる方法はただ一つよ、と自分に言い聞かせ、クレアはコディの写真が入っている携帯電話をしまったバッグを手にホテルの部屋を出ると、不安を抱えたままエレベーターに乗った。

ニックはどんな反応を示すだろう。秘密にしていたことに怒るだろうとは思うが、それより心配なのは、彼がコディをほしがることだ。彼は父親とも仲がいい家族思いの人だ。彼も彼のご両親も、きっとコディを家族の一員として迎え入れたいと考えるだろう。気になるのは、どの程度かという点だ。

エレベーターから出てロビーを見回すと、すぐニックの姿が目に入った。チャコールグレーのスーツと同系色のネクタイ姿で誰よりもハンサムなニックが、大股で歩み寄ってくる。

心ならずも胸が高鳴ってしまう。これから再びニックと闘わなければならないときに、魅力など感じたくない。もう二度と傷つけられたくない。

体が熱くなるのを努めて無視し、クレアは彼にほほえみかけてバッグをさらに強く握りしめた。なんとか今夜やり遂げなければ——涙も、怒りも……そして欲望もなしに。大きく息を吸い、彼女はニックと向き合った。がんばるのよ。コディのために。

2

エレベーターから出てくるクレアを目にした瞬間、ニックの中に欲望がこみ上げた。胸もとが深く開いた濃紺のドレス、その裾からすらりと伸びる長く形のいい脚。細身で身長は百八十センチ近くあり、以前から何を着てもよく似合ったが、今はいっそう、はっとするほど美しい。

ニックは彼女に歩み寄った。「とてもきれいだ」

「ありがとう」クレアがうなずき、ロビー脇の通路を目で示した。「このホテルのレストランもなかなかいいわよ。ここで食事すれば簡単だし」

「外の店に行くのだって簡単さ。行こう」ニックは彼女に笑いかけ、ロビーを横切って出入口へ導いた。

前もって駐車係に連絡し、車を正面に回してもらってある。「ご家族はどうされている？」

「母は一年ほど前に亡くなって、祖父は今施設に入っているわ。年末までに家に戻れればいいけど」

「お母さんのことは残念だったね。お祖母《ばあ》さんはお元気なのかい？」

「ええ、でも年を取って、前と同じというわけにはいかないわ。あなたは？　州議会議員の仕事はどう？」

「とても楽しいよ。ときには思うようにいかず、幻滅することもあるが、政治の仕事は好きだ。四年後の選挙では連邦上院議員に立候補するつもりだ」

「相変わらず野心家ね。ニック、あなたならきっといい上院議員になれるわ」

「ありがとう」すぐ隣を歩くクレアからコロンの香りがかすかに漂ってくる。彼女の髪のなめらかな手触りを思い出す。けんか別れしたものの、クレアのことを忘れた日はない。だが、今夜のあとまた会おうとするのはやめておこう。二人の間の問題は前以上に難しいし、また彼女を傷つけたくはない。

　正面玄関に出ると、駐車係が車のドアを開けてくれた。クレアが長い脚をちらりと見せて乗り込み、ニックばかりか駐車係までが目を奪われた。

　車回しを出て一般道を走り始める。冬の太陽はすでに高層ビルの陰に沈み、暗い街にクリスマスの電飾がまばゆく祝祭気分を盛り上げていた。

「どこへ行くの？」静寂を破ってクレアがたずねた。

「ぼくが会員になっているクラブだ。静かでゆっくり話ができるし、十二月だからダンスとかクリスマスイベントをやっているかもしれない。ビジネス以外では家族としか出かけることもないから、ダンスを忘れてしまっていなければいいのだが」

　クレアが驚いた顔でニックを見た。「意外だわ、あなたは奥さまを亡くされてもすぐに立ち直れるタイプかと思っていたから」

「そうでもないよ」亡き妻とおなかの子の話は次の機会にしたい。次の機会があれば、だが。ニックは話題を変えた。「今日の契約はスムーズだったね。仕事でダラスに来ることはよくあるのかい？」

「ほとんどないわ。今回は長年のクライアントに頼まれたの。急な入院で契約に来られないからと」

「今はきみが経営責任者なのかい？」

「そうよ。祖父は理学療法を受けて体力を取り戻そうとしているけれど、もう会社の経営は無理ね。それでも出社して何かしたいと、それを励みにがんばっているの。わたしが継いでから会社は大きくなっていて、そのことは祖父も喜んでくれているわ」

「それは何よりだ」クレアの成功を聞いてもニックは驚かなかった。彼女が会社の経営にも人との交渉にも優れていることは以前からわかっていた。

　まもなく車は手入れの行き届いた敷地に入り、色とりどりの電飾に彩られた木々の間を抜けて、石造りの広壮な建物の前に着いた。駐車係に車を預けてロビーに入ると、中央に巨大なクリスマスツリーが置かれ、玄関ホールは赤いリボンで飾られていた。ニックはクラブハウスを通り抜けてダイニングルームにクレアを案内し、窓際のテーブルについた。床から天井まである大きな窓からはゴルフコースが見渡せ、屋根つきのベランダやその先の噴水池もクリスマスの電飾で彩られている。

　ダイニングルームの一角でピアノ奏者がバラードを奏で、二組のカップルが踊っている。ウエイターが注文を取りに来て、ニックは白ワインを頼んだ。ワインが注《っ》がれると彼はグラスを上げた。「契約が無事成立し、仕事が早く終わったことに乾杯」

「乾杯」生真面目に応えたクレアの瞳はうかがい知れない秘密をたたえているようだ。この四年間どんなふうに過ごしてきたのだろう。さっき聞いた話では、祖父の不動産会社を継いで経営者になったことしかわからない。

「試してみようか、ダンスを覚えているかどうか」

ニックはそう言って立ち上がった。クレアはダンスにつき合ってくれるだろうか。今夜の彼女はどこかよそよそしく、気もそぞろな様子だ。祖父の体調が気になるのか、それとも他の心配事か。ひょっとして、四年前の別れをまだ根に持っているのか？　ぼくが知っていた快活で楽しいクレアとは違う。だが、そういうぼくも以前とは違う人間だ。

二人でダンスフロアへ行き、ニックは体が接近しすぎないよう留意しながら、クレアの腰に手を置いてバラードを踊った。「まだまだ踊れるじゃないか」以前二人で踊ったときはもっとぴったり体を寄せ合い、胸を高鳴らせていた。今でも、彼女にじっと見つめられると強く意識してしまう。

「あなたこそ腕は落ちていないわよ、ニック。これからも政界で活躍するのなら、人と会う機会もたくさんあるのでしょうね」

「堅苦しい晩餐会《ばんさんかい》や資金集めの会合ばかりだよ。美女を見つけてダンスをする時間などまずないね」

目をそらしたクレアの頬が染まっていたのは気のせいだろうか。ニックは彼女をわずかに強く抱き寄せ、ダンスに身をゆだねた。クレアがぼくの腕の中にいる。なじみ深い、心地いい感覚だ。不意に、ある思いが脳裏をよぎる——この人がぼくの妻だったかもしれない、と。

それを思うだけで今も胸が痛む。

四年前、クレアにプロポーズを断られたニックはワシントンＤＣへ戻り、カレンとつき合い始めた。彼女とはハイスクール時代からの知り合いで、大学やロースクール時代にもデートしていたし、ワシントンＤＣにある父親の法律事務所で働いていたカレンと親しくなるのはごく自然なことだった。

クレアと別れて心に空いた大きな穴をカレンが埋めてくれた。彼女もダラス出身で親同士も親しかったし、ニックが望むならどこで暮らしてもいいと言い、結婚を望んでいた。ニックの勤務先も両親も、彼の結婚を期待していた。まだクレアを愛していたが、彼女とはもう終わりだとわかっていた。

　家族や勤務先、自分のキャリアが求めるまま、ニックはカレンにプロポーズした。結婚式当日のことは今も覚えている。本当なら隣にいるのはクレアのはずだったのにという思いに駆られながら、そんな気持ちをぐっと抑え込んだ。カレンは美しく魅力的でいい妻だったし、時とともに彼女を大切に思うようにもなった。カレンはニックの要望どおり、彼のキャリアを支え、どこへでもついてきてくれた。ニックも彼女の望む華やかな生活を与えた。双方の両親も喜んでいた。クレアのことはニックの生活から消えていった。

だが、彼女を忘れたわけではなかった。

　こうしてダンスをしながらも、会うのは今夜限りだと自分に言い聞かせる。クレアは以前よりもさらに自分の家族に、ヒューストンに縛りつけられている。ぼくにもダラスとワシントンＤＣでの生活があるし、政界での輝かしい将来も待っている。

　クレアに対して今も体が反応してしまうのは確かだが、それも長い間一人でいたせいかもしれない。

　音楽に合わせて踊るうち、かつてクレアを抱きしめてキスし、愛を交わし合った鮮烈な記憶があふれ出す。この柔らかい体を抱きしめ、甘い唇を再び味わいたい。この二年間完全に忘れていた欲望がわき上がってきて自分でも驚いた。

　だが、クレアにキスはしない。いや、できない。クレアとの間に未来はない。同じ過ちを繰り返してはいけないのだ。

　頭を冷やそうと、ニックは質問を始めた。「きみの大切な人はどんな男だい？」誰かいるはずだ。

クレアがかぶりを振った。「そんな人いないわ。会社を経営し、営業も自分でし、家族の世話をし、祖父の見舞いにもほぼ毎日行っているのよ。職場と教会と家で手いっぱいで、誰かとつき合うひまなんかないわ。いつかはそんな状況も変わって落ち着くだろうと思っていたけど、そうもいかなくて」

「働きすぎだよ。会社の規模はどれくらい？」安全な話題に移ったことにほっとしてニックはたずねた。

「支店が三つで、営業部員も七十人近くいて、商業用と住宅用の両方を扱っているわ」

「手広くやっているんだな」きっと朝から晩まで仕事に追われているのだろう。「お祖父《じい》さんから引き継いだときは支店はいくつあった？　確か以前は一つしかなかったように思うが」

「そのとおりよ。よく覚えているわね、ニック。運も味方してくれて、社員も優秀だったから」

「運だけじゃないさ。すごいな、おめでとう。きっと毎日忙しいんだろう」

「ええ、明日も朝から予定がびっしり。明朝六時の飛行機に乗る予定だから、四時には空港へ行っておきたいの。ぎりぎりで駆け込みたくないから」

「空港までぼくが送るよ」

クレアが声をあげて笑った。「昔のよしみでもそこまで甘えるわけにはいかないわ。もうタクシーを予約してあるし。でも、ご親切にありがとう」

「気が変わったらいつでも言ってくれ」

バラードが終わり、速い曲が始まった。クレアの腰の動きを見ていると、また愛し合った思い出がよみがえり、彼女がほしくなってしまう。カレンを亡くして以来、女性にこんな気持ちを抱くのは初めてだ。だが、今は誰ともつき合う気はない。ましてクレアなど論外だ。また手ひどく傷つくだけだ。

そんな思いを追い払おうとけんめいになっている

と、ちょうど曲が終わった。「少し休もうか。ワインも飲みたいし」二人はテーブルに戻った。

　ニックはステーキを、クレアはサーモンを注文していろいろ話をしたが、彼女はほとんど料理に手をつけなかった。家族のことか仕事のことか、何か考えているに違いない。二人の間に壁を感じながらも、ニックはあえて考えないようにした。礼儀正しく別れの挨拶をしたらもう二度と会わない相手だ。

　つき合っている人がいると聞いても驚きはしなかっただろう。彼女はどこかよそよそしく、今夜の誘いも礼儀上受けただけで、さっさと帰りたいと言わんばかりだ。二、三度こちらをじっと見つめる視線にぶつかり、どきりとしたが、そのたびに彼女は頬を染めてさっと目をそらした。何を考えているのだろう。四年前の苦い別れにまだ傷ついているのか。

　まさか、そんなはずはない。彼女だってもう自分の人生を歩んでいるはずだ。それとも――

　やめよう、クレアの気持ちをあれこれ推し量るのは。もう二度と会うこともないのだから。

　クレアも同じことを考えていたのか、コーヒーカップを置いて言った。「ニック、また会えて楽しかったわ。まだそれほど遅い時間じゃないけど、明日の飛行機が早いから」

「そうだね」もう帰りたいのだなと、ニックは勘定を済ませて外に出た。これでいいんだと自分に言い聞かせながらも、あの強い視線の理由がわからずじまいなのが少し残念だった。

　ニックの車でホテルに戻りながら、クレアは〝ちょっと寄っていかない?〟というせりふを頭の中で練習していた。彼は紳士だから、ホテルの部屋の前まで送ってくれるだろう。そこまで来れば部屋に誘うのは簡単だ。だが、息子の存在を打ち明けるのは簡単ではない。あなたには三歳になる息子がいるなんて、公共の場ではとても言えない。二人きりでなければ。その最後のチャンスが近づいている。

ホテルに着くと、ニックは駐車係に車を預け、すぐに戻ると告げた。

ロビーに入ると体が震えた。エレベーターで部屋のある階へ上がり、ドアまで歩くうち、胃がきゅっと痛くなる。できれば打ち明けたくない。ニックは今も妻を亡くした悲しみに包まれている。でも、生まれる前のわが子をも亡くしたと聞いて、息子の存在を知らせないわけにはいかないと思った。

もっと早く伝えておけばよかったと後悔してももう遅い。あと数日、よく考えてからにしようか。知らせることでわたしとコディの人生が――そしてもちろん、ニックの人生もがらりと変わってしまうのに、ゆっくり考える時間もなかった。

「クレア、何か心配事でも？」

はっとわれに返ったクレアは、自分がカードキーを手にドアの前に立ったままだったと気づいた。

ニックがせっかくきっかけを作ってくれたのに、言葉が出てこない。体は冷たいのに額に汗が吹き出し、手のひらがじっとり汗ばむ。

言いなさい、ほら、早く。

でも言えない。

「いいえ、ちょっと気になることがあって」

「働きすぎなんじゃないか」ニックが静かに言って彼女の頬を指でなぞった。

クレアは顔を上げ、濃いまつげに縁取られた青い瞳と端整な顔を見つめた。ニックは聡明《そうめい》で洗練され、理性的でチャーミングでいい人だ。だがそれと同時に、別れた日にぶつけ合った非難の言葉もよみがえってくる。わたしは彼を自己中心的なお坊ちゃんとののしり、ニックはきみには自分の人生というものがないのかとわたしを責めた。

今夜息子のことを打ち明けたら、またどんな非難の応酬が繰り広げられるだろう。あんな言い争いはもう二度としたくない。

「ニック――」そこで言葉を切る。口にした瞬間、コディはわたしの家族だけのものではなくなる。ニックにも息子と過ごす時間を分け与えなければならなくなる。それどころか、彼がわたしからコディを取り上げようとしてきたら？

「うん？」ニックが興味深げに促す。

「今夜は本当に楽しかったわ」クレアは消え入りそうな声で言った。

ニックが首をかしげ、またじっと彼女の顔を見た。

「それはよかった。あまりそうは見えなかったから。ぼくも楽しかったよ。昔のよしみでキスしてもいいかな？」ニックはそう言うと身をかがめ、クレアの腰に腕を回して軽く唇を重ねてきた。

唇が触れ合った瞬間、以前と同じようにクレアの中で火花が散った。ニックは彼女の腰に回した腕に力をこめ、さらに強く唇を押しつけて彼女の唇を開かせると、熱くキスを深めてきた。クレアは一瞬不安も恐怖も忘れ、過去の記憶も目の前の大きな問題も頭から追いやった。

胸をとどろかせ、ニックにしがみついてキスを返す。愚かだとわかっていても止められない。熱いキスに身も心も奪われ、頭の中の警告の声にも耳をふさぎ、彼の広い肩に腕を回して、固くたくましい肉体を感じる。燃える唇から欲望がほとばしる。男性に抱かれて熱くキスされるのも久しぶりだ。

ようやく体を離したニックも息をはずませ、驚いたように目を光らせている。彼は賢い人だ、わたしが何か悩んでいることにもう気づいているだろう。

でも言葉が出てこない。これからどうするかよく考え、顧問弁護士とも相談してからにしよう。クレアはけんめいに気を取り直してほほえんだ。「すばらしい夕食をありがとう、ニック。また会えてうれしかったわ。奥さまと赤ちゃんのことは本当に残念だったわね」

「もっともらしいことを言っているが、本当はもっとほかに言いたいことがあるんじゃないか？」ニックがクレアを改めて見つめた。

「別にないわ。ただ仕事が忙しいだけ」落ち着かない気分で早く彼から離れたくて、それと同時に罪悪感を覚えつつ、クレアはカードキーをドアの差込口に入れようとした。手が震えてうまくできない。

ニックが彼女の手に手を添え、ドアを開けてくれた。そんな動揺の中でも彼の指のぬくもりを感じ、指から腕まで電流が走る。「話したいことがあるなら聞くよ。ぼくはきみの昔からの友人だ」ニックが静かに言った。

クレアは冷水に放り込まれたような気がした。

「ありがとう、覚えておくわ。おやすみなさい、ニック」クレアは室内に入ると、ドアを開けたまま振り向いてニックを見た。

ニックはうなずき、最後にもう一度探るようにクレアを見てからエレベーターへ歩いていった。

部屋のドアを閉めかけて、クレアは罪悪感に襲われた。このままニックに話さずヒューストンへ戻ったら、一生後悔するのではないだろうか。

目を閉じてドアを開けると、ちょうどエレベーターの扉が開いたところだった。振り向いたニックはこちらを見つめるクレアを目にして眉をひそめた。

「ニック、ちょっとだけ入ってくれる？」

向き直った彼の目がまた刺し貫くように光り、やっぱりやめておいたほうがよかったとクレアは後悔した。ニックはいざとなれば容赦ない。権力も富も、州内に有力な友人たちもおおぜいいる。コディの存在を知ったら何をするだろう。

「クレア、何か困っているなら力になるよ」優しい声でそう言われても不安はぬぐい去れない。

「入って、何か飲みましょう」クレアは先に立って部屋に入った。二十四階の窓からまばゆい街の夜景が見渡せる。小さな照明のスイッチを入れると、静かな室内に柔らかな光がともった。「話をする前によく考えたいの。少しだけ待って。何を飲む？」

「ビールがあるか見てみよう」ニックは小型の冷蔵庫をのぞき込み、白ワインのボトルを取って差し上げた。「きみはこれかな？」

「ええ、ありがとう」

「ワインを注いでいる間にゆっくり考えるといい。時間はたっぷりある」

うなずいたクレアは、ワインを注ぎに行ったニックを目で追いながら、とても数分では結論は出ないと悟り、バッグから携帯電話を取り出した。適当にごまかし、ヒューストンへ戻ってから電話で伝えたい――そんな思いがこみ上げるたび、罪悪感とともに思い直した。息子のことをニックに伝えないまま帰ることはできない。

オットマンの隅に腰かけ、戻ってくるニックを見つめる。人柄もよく、寛大で、息子の父親としては申し分ない人だ。

白ワインのグラスを手渡されたとき、指と指が触れ合った。ニックがかすかに眉をひそめる。「氷のようだ」そう言ってクレアの手を包み込む彼の手は温かく、いつもなら安心できただろう。でも今は違う。ニックが目の前にしゃがみ込んだ。「どうした？　仕事は順調なようだし、金の問題ではないだろう。体調でも悪いのかい？」

クレアは何も言えずかぶりを振った。

「ぼくはどうすればいい？」彼が優しくたずねた。

「話したいことがあるの。座って、ニック。少し長い話になるから」

ニックは再び探るように彼女を見つめてから立ち上がり、椅子を引き寄せて座った。クレアはワインを一口飲み、グラスをテーブルに置いた。ニックがその手を取り、温かい両手で包み込んだ。

「毛布を持ってこようか？」

「いいえ、大丈夫」二人は見つめ合った。彼女がじっくり考え、準備ができてから話せるよう、ニックは黙ったまま待ってくれている。

「ニック、あなたがプロポーズしてくれた夜……わたしたちはひどい言い争いをしたわね。あなたはこれでお別れだと言って去り、わたしたちは二度と会わなかった。わずか数カ月後にあなたは別の女性と婚約し、政界に進出した。覚えているでしょう」

「もちろん。ぼくたちはうまくいかなかった」苦い別れの記憶を洗い流すように、ニックはビールをぐっと飲んだ。「カレンとは昔からの知り合いで、大学時代にはつき合い、結婚の話が出たこともあった。彼女がワシントンＤＣで働くようになると連絡をくれて、また会うようになった。彼女はダラス出身で、うちの家族も彼女との結婚を勧めた。ぼくはきみにプロポーズを断られていたし、最後の日は……ひどいものだった。ぼくもだが、きみも傷ついたと思う。ぼくたちの関係は完全に終わっていた」

クレアがうなずくと、ニックが続けた。

「ぼくはカレンにプロポーズし、カレンも受けてくれた。きみと別れて間もなかったから、きみにもきちんと連絡するべきかとも考えたが……ぼくの声など聞きたくないかと思って」

「あなたが別の人とつき合っていることも、婚約したことも耳に入っていたわ。ショックだったけど、わたしとではうまくいかないこともわかっていた。当時、あなたは政界に進出し、ワシントンＤＣで暮らし、有名な弁護士事務所の仕事もあった。野心も、輝かしい未来もあった。あなたを手放したのはわたし自身だし、あなたがいずれ妻を持ち、自分の家族を、人生を築いていくことはわかっていた。わたしたちは本当に別々の道を歩み始めたんだと」

「で、話したいことというのは――ぼくと関係のあることなのか？」ニックがいぶかしげにたずねた。

クレアはうなずいた。「思い出してほしいの、当時のあなたには新しい生活が、奥さまが、政界での将来があったことを。あなたはあなたの世界で生きていたことを」

ニックがこちらに神経を集中しているのがわかる。わたしの人生が自分となんのかかわりがあるのかと考えているに違いない。これが人生最大の過ちでないことを祈りつつ、クレアは大きく息を吸った。

「ニック、あのとき、わたしのおなかにはあなたの息子がいたの」

3

言葉の意味がわからず、ニックはぼうぜんとクレアを見つめた。「もう四年近く前のことじゃないか」独り言のようにつぶやく。彼女がぼくの子を？　ありえない。まだ秘密を抱えているような大きな瞳をのぞき込むと、クレアが両手をもみしだいていた。不安に顔は青ざめ、わずかに肩をすぼめている。本当なのだ。四年前、ぼくは彼女を妊娠させ、彼女は九カ月後に出産しながらぼくに知らせなかった。

ぼくに息子がいる。もうすぐ三歳か。自分が父親だなんて、驚きのあまり息もできない。立ち上がって窓際に歩み寄ったニックは、血を分けた息子がいるという事実に心を揺さぶられつつ、振り向いてクレアを見た。「なんてことだ、クレア。子どもが生まれていたなんて。なぜ知らせてくれなかった？」怒りとショックに震え、こぶしを握りしめる。

彼女を見つめながら思い返した。ぼくはクレアに恋をし、結婚したいと思ってプロポーズした。その結果、けんか別れした。ぼくはその反動でカレンと結婚した。ぼくが二度とクレアに連絡しなかったのも、クレアがぼくに連絡しなかったのも、非難し合い怒りと傷心の壁を作ってしまったあの日のことを思えば、当然の結末だ。

そして今、息子の誕生を知らせてくれなかったと知り、また新たな怒りがこみ上げてくる。ニックは怒りにまかせて口走った。「本当は伝えるつもりなどなかったんだろう。今日再会したからしかたなく伝えただけで」

クレアが立ち上がって彼と向き合った。「あなたが奥さまとおなかの赤ちゃんを亡くしたと聞いて、伝えなきゃと思ったの。婚外子の存在など、政治家志望だったあなたには障害でしかなかっただろうし、当時はそんな話は聞きたくもなかったはずよ。あなたが結婚したと聞いて、これから奥さまと家族を作っていくなら、わたしのおなかの子など興味もないだろうと思ったの」

「興味はあるに決まっているだろう。クレア、これは今まで聞いた中で最もすばらしい知らせだよ。ぼくに息子がいたなんて」感慨がこみ上げてくる。

「さっきも言ったように、新婚ほやほやのあなたの息子をわたしが産んだなんて話が広まれば、政治家としてのあなたの将来は終わっていたはずよ。わたしと別れてわずか数カ月であなたは結婚した。二股をかけていたのかとさえ思ったわ。奥さまだって、わたしがあなたの子を産んだなんていう話は聞きたくなかったはずよ」目を閉じたクレアの体が揺れた。倒れるのではないかとニックは心配になった。「ニック、わからない？　あなたがひとことの連絡もなく婚約したとき、わたしはあなたの人生から締め出されたような気分になったのよ」

「確かに、知らせるべきだった」

「非難し合ってもしかたないわ。わたしはただ、知らせなかった理由を説明しているだけ。実は前の恋人のおなかに子どもがいるなんて、婚約者に打ち明けたかった？　あなたと奥さまの写真を何度か見たけど、幸せそうだったわ。結婚したばかりのあなたがわたしとの子をほしがるとは思えなかった」

　クレアの言うとおりだとわかってはいたが、そんなことはどうでもよかった。自分に息子がいたという事実のほうがもっと大切だ。

「生まれてから三年間、赤ちゃんだった息子をぼくは見られなかった。その子は父親の存在すら知らないんだろう？」

「ええ。まだ小さいから」

「失ったものが大きすぎるよ、クレア」

「後悔してももう遅いわ」クレアがつらそうに言った。「でも、これだけは言える。あの子の存在は政治家としてのあなたには不都合なはずよ」

「そんなことはどうだっていい。息子の存在を知ることのほうがずっと大切だ」

「今はそう言うけど、本心じゃないでしょう。あなたの生活は政治と、次の選挙で勝つことを中心に回っているんだから」

「本心だよ。息子は仕事とは違う、ぼくの未来だ。ぼくを遠ざけようとしても無駄だよ」

「そんなつもりはないわ。だからこうして打ち明けたのよ」クレアはそう言うと顔をそむけた。「でもあなたの家族、とりわけお父さまは、当時子どものことを知ればいい顔をされなかっただろうし、それは今でも同じでしょう」

　ニックは息を吸ってこぶしを握りしめ、落ち着こうと努めた。「きみはぼくからわが子との時間を奪った。それは決して取り戻せないものだ」

「それは後悔しているわ」クレアが涙をぬぐった。

「この二年間、妻とおなかの子を一度に亡くし、地獄の苦しみを味わってきた。息子がいると知っていれば、少しはその苦しみをいやせたのに。ひどいじゃないか、信じられないよ」

クレアがニックを見つめた。「ニック、奥さまとお子さんのことは本当につらかったでしょう。知ってさえいれば――」言葉を切り、手をもみしだく。「この四年間をやり直せたらと思うけど、それは無理なの。ここから進んでいくしかないのよ」

「ああ、クレア」ニックはこぶしを握りしめて目を閉じた。クレアと別れたあとの苦しみを、カレンと赤ん坊を亡くしてからの空虚な二年間を思い出す。だが、今また新たに感じる胸の痛みは、避けられたはずのものだ。この怒りをクレアにぶつけてもどうしようもないと、ニックは彼女に辛辣な言葉を吐きたいのをけんめいにこらえた。

しばらくしてクレアが言った。「あの子の写真、見たい？」

ニックははっと顔を上げた。怒りはたちまち消え、胸がいっぱいになる。わが子が生まれた瞬間に立ち会えていたら、きっとこんな気持ちだったに違いない。「写真があるのか？　もちろん見たいよ」

クレアはオットマンまで戻り、携帯電話を手に取った。ニックも彼女のそばに立った。「コディ・ニコラス・プレンティスと名付けたわ」

「ニコラスと？」ニックの胸に喜びがあふれた。

「ええ、あなたの名前を。そうするべきだと感じたから」クレアは携帯電話の画面を開いてニックに手渡した。自分自身の幼いころにそっくりな男の子の画像に、ニックは感動を覚えた。

「ああ、間違いない、この子はぼくの子だ。三歳ごろのぼくの写真そのままだよ。家族もきっと喜ぶだろう。ありがとう、ニコラスと名付けてくれて」

「あなたによく似ているし、快活でかわいい子よ。とても人なつこくて、赤ちゃんのころから誰かに話しかけられるとにこにこ笑っていたわ」

「そうか」ニックはコディの画像を見つめ続ける。

「週に二日は祖母が見てくれて、それ以外の日はナニーに頼んでいるの。生後七カ月まではわたしが育児休暇を取ったわ。半年前までは祖父も元気だったから、男性の手もあったし」

コディを見ていると、怒りも空虚な日々も忘れ、喜びの涙がこみ上げてくる。涙をぬぐい、気持ちを落ち着かせてニックは言った。「ぼくの息子か。こんなにすばらしい知らせは初めてだよ、クレア。本当にかわいい子だ。出産のときは家族が付き添ってくれたのかい？」

「ええ。母もまだ生きていたし、みんな大喜びしてくれたわ。赤ん坊のうちは毎晩みんなが交代で寝かしつけて、祖父は絵本を読み聞かせていたわ。まだ言葉もわからないのに、とても喜んでいた」

「この画像をぼくに送ってくれないか？」

「いいわよ。画像ならタブレットにもっとあるから取ってくるわ。全部送ってあげる」

部屋を出ていくクレアの細いウエストや長い脚にニックは見とれた。もし彼女と結婚していたら？二人がうまくいくようにもっと努力していたら？クレアのことは心から愛していたが、あの日の別れは決定的だった。そんなときにカレンと再会し、彼女ならぼくの問題を解決してくれると思えた。この結婚でカレンもぼくも求めるものを手に入れた。だが結婚式の間も、ニックは胸が苦しかった。クレアはぼくとの結婚を拒んだのだと自分に言い聞かせても、胸の痛みは耐えがたかった。

あのときクレアの妊娠を知っていたら――

やめろ。そんな仮定の話を持ち出してどうする。過去をやり直すことはできないのだ。

クレアが姿を消した戸口をにらむ。赤ちゃんだった息子とともにいられなかった怒りはまだおさまらないが、それよりも畏敬の念と喜びのほうが大きい。事故で亡くした子を取り戻すことはできないが、コディならぼくの人生の大きな空白を埋めてくれるに違いない。

ニックはクレアの携帯電話を手に、コディの画像をしっかり目に焼きつけた。自分の幼いころにそっくりな画像を見ているだけで胸がいっぱいになる。

「コディ・ニコラス」名前をささやきながら画面を指でなぞる。

クレアがタブレットを手に戻ってきた。タブレットの操作に集中している彼女の全身に、ニックはまた目を走らせた。四年前よりも美しいその姿に胸が高鳴る。落ち着きと自信を備え、仕事をてきぱきこなすだけでなく、今夜はセクシーな一面も見せられ、あのころのように体が反応してしまった。そのうえ、ぼくの子の母親とは驚きだ。

なんとかこの喜びと感動、感謝を伝えたいし、今まで知らせてくれなかった彼女を許したいと思う。それには少し時間がかかるだろうが、なんといってもクレアはわが子の母親なのだから。

「ここに座って、写真を見せるわ」ニックをソファへいざなったクレアはさっきより落ち着いた様子だ。「赤ちゃんのときの写真もあるわよ」

「それはうれしいな」ニックはまだ立ったままのクレアの両肩にそっと手を置いた。

クレアが顔を上げて目を見開いた。「何？」

「クレア、きみはぼくの息子の母親だ。これから一生の縁ができたわけだ。今は怒りよりも喜びと感謝を感じているよ。出産時にそばにいられなかったのは残念だが、きみが決めたことだ。ありがとう、礼を言うよ。こんな言葉ではとても足りないが」ニックは彼女を抱きしめ、繰り返した。「ありがとう」

クレアの体は温かくて柔らかく、心地いい。そのまましばらく黙って立っていると、彼女の涙がニックの首筋を濡《ぬ》らした。

ニックはクレアの濡れた頬を指でぬぐった。「なぜ泣いている？」

「あの子をわたしから取り上げないで、ニック」クレアがぎゅっと目をつぶってささやき、涙をぬぐった。「コディを引き取りたいと思うのはわかるけど。あなたのご両親も、あの子に会えばきっとそうおっしゃるだろうけど」

ニックは再びクレアを抱き寄せた。彼女がどんな要求をしてくるかわからないから、今は何も約束はできない。ニックは彼女の顔を両手で包み込んだ。

「どう解決すればいいかはわからないが、コディをきみから完全に奪うようなことはしない。そんなことをしてもコディが傷つくだけだ」

クレアはうなずいてニックから体を離し、彼に背を向けて涙をぬぐった。はたしてぼくの言葉を信じてくれたのだろうか。

「写真を見ようか」二人並んでソファに座ると、クレアがニックにタブレットを手渡し、写真の中の一枚をタップした。

「まずはこれから。まだ入院中のときの写真よ」

「全部送ってくれ。ああ、どうして知らせてくれなかったんだ？」青い帽子をかぶって眠る新生児の写真に思わず胸が締めつけられる。

「理由はすべて話したはずよ。でも、あの当時も今と同じように感じたかしら？」

ニックはクレアの瞳を見つめ、考えてみた。「確かに、新婚当時ならこうは感じなかったかもしれないな。カレンもいい気はしなかっただろうし。だが、それでも知らせてほしかった。カレンとおなかの子を亡くした今はとくにそう思う。このころのコディに会いたかった」そのとき、退院当日の写真に日付が書き込まれているのに気づき、ニックは眉をひそめた。「クレア、この日付――もし臨月で生まれたのなら、きみが妊娠に気づいたころ、ぼくはまだ婚約していなかったはずだぞ」

クレアはあごを上げ、毅然《きぜん》とニックを見返した。

「妊娠に気づいたときはショックで、自分の将来や子どもを産むことについて考える時間が必要だったの。わたしの家族にも打ち明けなければいけなかったし。これからどうしようと考えているうちに、あなたが婚約したと聞いたのよ」

「それでも、ぼくがカレンとの結婚を取りやめる時間はあったはずだ」ニックはそう言いながら、自分はどうしていただろうと考えた。

クレアが額をさすった。「あんなひどいけんか別れをしたあとよ。やり直せたとは思えないわ」

「確かに」ニックは空《くう》をにらんで当時のことを考えてから、またタブレットに目を落とした。「写真の続きを見よう」次も退院時の写真で、クレアが抱いているおくるみの中で眠る顔がとてもかわいい。

「ぼくはわが子のこんな時間を二人とも奪われてしまったんだな」また怒りがわいてくる。

ベビーベッドに寝かされたコディ、クレアの腕に、そして彼女の家族一人一人に抱かれたコディ。くまのプーさんの絵が壁一面に描かれた子ども部屋のコディの写真が続く。

「ぼくに知らせるつもりはなかったんだろう？」努めて声を抑えたが、怒りがまたつのってくる。この怒りがおさまる日は来るのだろうか。今後クレアのことを信じられるようになるだろうか。

「いつかは知らせなきゃとは思っていたわ。コディも大きくなれば父親のことを知りたがるだろうし、いつまでも隠してはおけないもの。でも、ついつい先送りしてしまって」クレアが静かに答えた。

ニックは怒りの言葉をのみ込み、次の写真に目をやった。コディは成長し、一歳の誕生日を迎えている。「初めての誕生日パーティはどこで？」

「祖父母の家で。そのあとわたしは新たに家を建て、祖母にもそちらへ移ってもらったわ」

二人はタブレットに身を寄せ、クレアがそれぞれの写真について説明した。小さな両手と顔じゅうチョコレートケーキまみれにしたコディの写真にはニックも大笑いした。

「これは最高だ。ケーキがよほど好きなんだな」

「このとき初めてチョコレートを食べたの。キャンディやキャラメル類はまだ食べさせてないわ」

ニックはクレアを見た。「きみとお祖父《じい》さん、お祖母《ばあ》さん、それにお母さん。最初の一年はみんなに世話を焼いてもらって幸せだっただろうな」

次の写真ではクレアが水着姿でコディの両手を取り、大きなプールの端の浅いところで遊ばせていた。

「このプールはどこ？」

「友だちの家のプールよ。うまく水をかいて、自分でプールから出ることもできるけど、小さいうちはうちにプールを作るつもりはないわ」

ニックの目はコディから水着姿のクレアに移った。

「子どもを産んだとは思えないな」長く形のいい脚、細いウエスト、豊かで魅力的な肢体にまた欲望がうずき始める。クレアは今もぼくを目覚めさせ、欲望を呼び起こさせる。ふと隣に目をやったニックは、彼女の体も熱くなっているのに気づいた。クレアを抱きたい。だが今はできない。彼女に触れたい気持ちをこらえ、彼はまた写真に目を向けた。

「ありがとう。以前は週に三回ジムに通っていたけど、今は自宅にエクササイズルームがあるわ」

「もちろん誰かとデートもするんだろう」

クレアがかぶりを振った。「毎日忙しいし、時間ができたらコディと遊びたいもの。週一回は在宅勤務にしているし。学校へ通うようになればまた変わると思うけど、今はそれでうまくやっているわ」

「そうか」クレアがよき母親であることに疑いはなかったが、彼女を射止めた男がまだ誰もいないというのは正直驚きだった。仕事もできる上に美しく独身――そんな彼女を男が放っておくわけがない。誘われても断っているのだろうと満足感を覚えている自分に気づき、ニックはばかな考えを振り払った。

「育てやすい子だったか、それとも手を焼いた？」

「とても育てやすかったわ。でもそれは、家に大人が四人もいたから。母はあの子の世話はできなかったけど、お話をしたり絵本を読んでくれたりしたわ。手を添えれば抱っこもしてくれた。みんなで世話できたからわたしたちも楽だったし、だからあの子も落ち着いていたんだと思う。とてもいい子よ」

「会いたいな、できるだけ早く」

「ええ、そうしましょう」クレアが彼を見上げ、ニックはいつも本心を秘めているその目を見つめた。大きく美しい茶色の目に魅入られ、思わずその顔を引き寄せたくなる。「ニック、あなたの写真を撮らせて。家に帰ったらコディに見せて、あなたのことを話してやりたいの」

「自撮りにして、きみも一緒に撮ろう。ママと一緒に写っているぼくを見てもらったほうがいい」ニックはそう言って彼女の体に腕を回した。「ぼくのほうが腕が長いから、ぼくが撮っていいかい？」

「いいわよ」その声は暗く、まるで悲劇を予見しているかのようだ。笑ってくれるだろうかと思いつつ、ニックはタブレットを差し上げた。

「楽しそうな顔をしてくれよ、クレア。コディのことを考えて」撮った写真を見てニックは笑った。

「ありがとう、クレア。いい写真が撮れた」

「あなたがどんな顔をしているか、きっと知りたがると思うから」

「これまで話に出たことはなかったのか？　パパのことをきいたりしなかった？」

「いいえ。わたしたちは何も話さないし、コディもまだ学校に行ってないから、他の子たちと話したりしないし」

「同年代の友だちはいないのか？」

「いるけど、遊ぶだけで、話をしたりはしないわ。まだ三歳だもの。それに子どもって、目の前のものをただ受け入れるだけだから」

　赤ちゃんから幼児へと成長していくコディの、クレアや家族との写真の数々をニックは見続けた。

「早く会いたい。金曜日にぼくがヒューストンへ行って、週末を一緒に過ごすのはどうかな？」

　クレアは困ったように額をさすった。「まだそこまで考えていなかったわ。今日あなたの不幸を聞いてショックを受けて、とっさにコディのことを伝えなきゃとは思ったけど――もう少し時間をちょうだい。まずコディに話してみなきゃ」

「きみがさっき言ったんじゃないか、子どもは目の前のものを受け入れると。ぼくと会うことだって受け入れるさ。コディをダラスに連れてくるほうがいいかい？　とにかく、一日も早く会いたいんだよ」

「わたしたちだけじゃない、あなたにとっても、これは人生が一変する出来事よ」クレアが両手をもみしだいてささやいた。

「そんなことはない。ただ会うだけだ」

　クレアの表情はまだ硬い。ニックはいら立ちを抑えようと努めた。決して無理な願いではないはずだ。

なぜそれをわかってくれない？

「わかったわ。金曜日の夜に来る？」

　ニックは携帯電話で予定を確認し、うなずいた。

「そうするよ。顔を合わせたあと、みんなで夕食に行かないか？　もちろん、お祖母さんも一緒に」

「いいわね」

そう答えるクレアの声や瞳には不安がにじんでいた。息子を取り上げられるのではと恐れているのだ。だが、コディの存在をずっと隠していた彼女にあまり同情する気にはなれない。

そんな彼の想像どおり、クレアが大きく息を吸って言った。「ニック、祖母は高齢でかなり弱っているの。母が亡くなってから、コディとわたしと祖父だけが生きがいだった人よ。お願いだから、何か行動を起こす前に祖母のことを考えてあげて。もう残された時間は長くないの」

「わかっている。きみに相談せずいきなり動いたりしないよ」ニックは一息おいて続けた。「どこかコディのお気に入りの店はあるかい？」

「外食はあまりしないんだけど、好きな店はあるわ。店内が熱帯雨林みたいになっているレストランよ。特別みたいで、行くととても喜ぶの」

「そこを予約しよう」

「きっと喜ぶわ」クレアがほほえんだ。さっきまで不安げに涙を見せていた彼女の笑顔に、ニックは改めて目を奪われた。なめらかな肌、濃いまつげに縁取られた大きな瞳、本当に美しい女性だ。

「コディはきみにも似ているのかい？」

「見てのとおり顔は似ていないし、性格も違うかも。以前のあなたのようによく笑う子で、誰にでもすぐなついてかわいがられるわ。オフィスへ連れていくと、みんなの席を回って話しかけ、大人たちもつい話し相手になってしまうの」

ニックはほほえんだ。「そこは子どものころのぼくとは違うかな。兄のワイアットと姉のマディソンはいつも、うるさいと言ってぼくから逃げ回っていたよ」

クレアがかすかに笑みを浮かべた。「きょうだいはまた別でしょう」

ニックは腕時計に目をやった。「早朝に空港へ向かうとしたら、もうあまり寝る時間がないな」

「いいの、どうせ眠れなかっただろうし」

それはぼくも同じだ、とニックはうなずいた。

「飛行機の予約はキャンセルすればいい。プライベートジェットがあるから、都合のいい時間にヒューストンまで送らせるよ。そうすれば空港で待つ必要もないし、明日の出勤前に家で時間も取れる」

クレアはニックを一瞬見つめてからうなずいた。

「ありがとう。早く帰ってコディに会いたいわ」

「会いたいのはぼくも同じさ、クレア」

ニックのその言葉に、クレアは何か恐ろしいことでも言われたかのようにはっと息をのんだ。やはり打ち明けたことを後悔しているのだ。今回の仕事をポールに依頼されなければ、ぼくは息子の存在を知らずじまいだったのではないか。クレアがやっと打ち明ける気になったときコディは何歳になっていたのかと思うと、また新たな怒りがわいてくる。

「飛行機の手配をするよ。何時に出たい？」

「空港に着きしだい、できるだけ早く」

ニックはうなずいた。「パイロットに電話しよう。きみは飛行機をキャンセルするといい」

クレアが戻ってきたときには手配は終えていた。

「一時間後にリムジンが迎えに来る。荷造りを始めてくれ。その間にぼくはコディの写真を見て、コピーを自分宛てに送るよ。いくら見ても飽きない。こんなかわいい子は見たことがないよ」

クレアがふっと笑った。「ええ、そうでしょう」

「好きなものは？　まだ本は読めないかな」

「自分の名前の綴《つづ》りは知っているわ。祖母としょっちゅう文字遊びをしていて、とっても賢いの。あなたもきっと自慢に思うはずよ」

「まだ会ったこともないのに、もうコディが大好きになったよ」そう言って見上げると、クレアの顔には物言いたげな表情が浮かんでいた。ぼくたちが結婚していたらどうなっていたかと考えているのだろうか。二人の視線がぶつかるとクレアははっとし、ニックを締め出すような硬い表情に変わった。

「これから何がどうなろうと、きみは今夜ぼくを幸せにしてくれたよ」ニックは言った。

心の奥が読み取れないまなざしのまま、クレアがうなずいた。「よかったわ、ニック。あなたのようなすばらしい人が父親だと知ることは、コディにとってもいいことよ」

「いい父親になれればいいが。ぼくの父もいい父親ではあったが、すべて自分の思いどおりに進めようと、少しやりすぎるところもあった。ぼくが政界に入ったのは父の影響だが、いろいろと力になってもくれた。いずれ動揺がおさまれば、ぼくの家族もコディのことを喜ぶはずだ」

「ニック、コディのことを打ち明けるのは少し考えてからにして。あなたには政治家としての立場も、将来への野望もある。ミラン判事は決して喜んではくれないわ。結婚とほぼ同時期に婚外子が生まれていたという事実はいいニュースではないはずよ。これからどうするか、よく考えたほうがいいわ」

「政治のためにわが子を人生から締め出すつもりはない。今は妻に先立たれた男として同情が集まっているから、この件を発表してもさほど風当たりは強くないはずだ。上院議員選挙にも勝利してみせる。つき合っていたころ、いつか大統領になりたいと話しただろう。その目標に向けてすでに動いてくれている人もいる」

クレアがニックを見つめた。「そんな目標も、スキャンダル一つで遠のいてしまうかもしれないわ」

「コディが原因で目標から遠のいたとしてもかまわないさ。現時点ではホワイトハウスなどはるか彼方《かなた》で、まずは上院議員にならなければ始まらない」

「お父さまはきっとわたしと結婚しろとおっしゃるわ。あなたが政界でお父さまが望まれるようなキャリアを築くには、いろいろな根回しも必要だろうし、これまでにもそうとう尽力されたはずよ」

ニックは片手を上げてクレアを制した。「クレア、今夜は重大な決断をするのはやめておこう。今はコディのことだけ話したい。おみやげには何を持っていこうか？　何が好きかな？」

「本は好きよ。喜びそうな本のリストをメールで送るわ。ブロックで何かを作るのも電動のおもちゃも好きだし、パソコンでゲームを探したりもするし」

息子の話を始めるとクレアの目がまた輝きだす。

「ああ、早くあの子に会いたい。荷物をまとめてくるから、写真を見ていて」

クレアは部屋を出ていき、ニックはコディの写真を一枚ずつ自分に送信し続けた。まもなくクレアがキャリーケースとブリーフケース、小型のバッグを持って戻ってきた。会議の席で着ていた濃紺のスーツと白のシルクブラウスに着替えている。

「準備ができたら、下で車が待っている」ニックが返したタブレットをクレアはバッグにしまった。

「ええ、チェックアウトもしたし、もう行けるわ」

ニックがキャリーケースとブリーフケースを持ち、クレアはバッグを肩にかけた。部屋を出る瞬間、もう一度抱き寄せてキスしたくなる衝動をこらえ、ニックはドアを押さえてクレアを先に通した。コロンの香りがふわりと漂う。四年前と同じ香りを吸い込むと、あのころに引き戻されたような気がした。

やがてリムジンが空港に到着し、プライベートジェットの機体のそばで停《と》まった。運転手がクレアの荷物を機内に積み込んだ。

クレアが風にスカートをはためかせ、ニックに向き直った。「金曜日の午後六時半、ヒューストンで待っているわ」

ニックはうなずいた。「待ちきれないよ、クレア。怒りもわだかまりもそのうち消えるだろう。今はとにかく、言葉で言えないほどわくわくしているよ」

「よかった。会えばすぐにコディを好きになるわ」

見つめ合ううち、不意にニックの中に感謝の念がこみ上げてきた。彼は思わず歩み寄ってクレアを抱きしめ、キスをした。

一瞬驚いたクレアも、彼の体に腕を回してキスを返した。昔を思い出すようなキスに、もっと彼女と一緒にいたい、もっと深くキスしたいという気持ちが高まる。クレアのせいでニックの人生は急に不確定なものになった。中でも最も大きな要素は、これからクレアとどうつき合っていくかだ。だがほんの一瞬、過去も現在も、将来訪れるさまざまな問題も頭から消え、ただ彼女がほしいと思った。

熱い欲望につき動かされ、ニックはクレアの細い腰に回した腕に力を込めて彼女の唇を開かせた。二人の舌がからみ合った。彼女の背中からヒップへと手を伸ばし、のどもとに唇を這《は》わせると、クレアが彼を受け入れるように体を弓なりにした。

頭のどこか奥深くから、やめろという警告の声が聞こえてくる。今やめなければ、この駐機場でこのまま押し倒してしまう。

ニックはクレアの体を離した。名残惜しいが、また傷つくくらいならもう二度と恋には落ちない。いや、今回のほうが傷は深くなるだろう。クレアは相変わらずヒューストンからも家族からも離れることはできず、さらに息子というもっと大きな問題もある。どんなにクレアが魅力的でも、誘惑に負けてはいけない。さまざまな意味で、クレアはぼくの幸せや将来の大きな脅威なのだ。

頭ではいやというほどわかっている。だがこの体は……彼女に強くひかれるこの思いに、ぼくはどう対処すればいいのだろうか。

4

クレアも胸を高鳴らせてニックの青い瞳を見つめた。押しつけられた固い体に、からみ合った舌に、抱きしめた腕に彼の欲望がにじんでいた。そして彼女もそれに応えた。こみ上げる欲望とともによみがえった思い出したくない記憶――夜通しニックと愛を交わし、翌朝彼の腕の中で目覚め、また熱い行為を繰り返した記憶をけんめいに追い払う。

頭を冷やして、今週末のことを考えなければ。わたしの、そしてコディの人生で、最も大切な週末になるのだから。

一歩下がると、駐機場の照明の中でニックの顔がはっきり見えた。ここまでの車中で考えていたことを彼に話しておきたいと、クレアは口を開いた。

「週末はうちに泊まって。部屋はあるし、コディとよく知り合うにはそのほうがいいと思うの」

「ありがとう、クレア。喜んでそうさせてもらうよ。いつもの環境にぼくがいれば、コディも早くなついてくれるだろう」

「それで問題なければ、土曜の夜も泊まってくれていいわ。金曜日のコディの様子を見て、やっぱりやめたほうがいいと思ったら、そう言うから」

ニックがほほえんだ。「わかった。きみの息子のことはきみがよく知っているからね」

「わたしたちの息子よ」そう言い直しながらも、クレアは笑えなかった。ニックが予想以上の反応を示したことで、傷つき不安も感じている。

飛行機に目をやり、クレアはニックを見上げた。

「そろそろ乗るわ。待ってもらっているから」

「そうだな」物言いたげに見つめられ、再び欲望がうずく。またキスされたら、求めてはいけないものを求めてしまう、とクレアは一歩下がった。心にしっかりバリアを張っておかなければ。

「じゃあ、金曜日の夜に。飛行機まで送るよ」ニックが彼女の腕を取り、二人は飛行機のステップまで歩いていった。

「じゃあね、ニック」クレアは窓際の座席につき、動き始めた飛行機の窓からニックを見つめた。ニックは風に髪をなびかせて立っていた。コディそっくりの髪だ。コディにはパパがいるんだわ、と改めて現実を突きつけられる。

ニックはどんなパパになるのだろう？　コディとどんな関係を作り上げるのだろう？　そして、わたしたちはこれからどうなるのだろう？　選挙に勝ち、連邦上院議員になるために、ニックが書類上だけの便宜結婚を求めてくることはあるだろうか？

ニックは政界に野望を燃やし、いずれは大統領も目指している。彼の父親がそれを後押しし、何年も前から根回しもしている。ニックも、判事である父親も、権力と富と成功の権化のような人物で、同類の人々との人脈を有している。ニックは数年間著名な法律事務所に所属して有力者たちとの人脈を確かなものにしたうえで、地元テキサスに戻って強力な支持基盤を築いてきた。

つき合っている間も、クレアはそんな彼の様子を見てきた。そんな人づき合いもごく自然にこなしながら、ニックには牧場での素朴な生活を愛する一面もあった。子どものころから牧場を愛し、エネルギーを充電するには必要な場所だと言っていた。もし父親からあれほど強く法律や政治の道を勧められなければ、進路を自分で選べていたら、彼は今ごろ牧場主になっていただろうか。ニックの今の生活はどこまで自分の望むものではなく、家族を喜ばせるためのものなのだろうか。

彼の実家の牧場へ一緒に行ったとき、ニックが本当に楽しそうだったのを思い出す。ここで暮らして仕事をするのが一番好きだと言っていた。でも今の彼の生活は違う。とはいえ、自分の意に反することをしているのは彼だけではない、わたしもだ。今も体が熱くなるニックのキスのことなど考えたくない。ニックの政界進出を目的とした便宜結婚などしたくない。そこには愛などないのだから。

　そう思う反面、またニックと恋に落ちるわけにもいかないと思う。結局はまた傷つくだけだ。二人の間にコディがいる今、ただでさえややこしい人生がいっそう複雑になっているのだから。

　ニックは政界でさらに上を目指し、わたしも会社の経営に加え息子と祖父母の世話を担っている。忙しくて他の男性とつき合うひまもなかった。ニックのキスで体に火がつき、その腕に抱かれて胸は高鳴ったけれど、それは単なる欲望で愛ではないのだ。

ため息をついて座席の背に頭を預けるうち、飛行機は巡航高度に達した。プライベートジェットを手配してもらったおかげで予定より早く帰宅できるが、帰るのが怖くもあった。祖母とコディにニックのことを話さなければいけない。コディは喜ぶだろうが、祖母がいい顔をしないのは目に見えている。

　自宅に着き、忍び足でコディの部屋に入ってベッドの横に立つ。思いきり抱きしめたい。息子との時間をニックと分かち合わなければいけないと思うと涙が出そうになる。いとおしさがこみ上げ、クレアは薄い毛布をかけ直してやった。

　そのままどれほどの間、息子の眠る姿を見つめていただろう。やがてクレアは自室に入り、シャワーを浴びて着替えた。

　祖母ヴァーナ・プレンティスがキッチンに入ってくるころには、オートミールを調理し、果物を洗って切り、朝食の用意を済ませていた。クレアは祖母を軽く抱きしめてキスした。

「おかえり。仕事はうまくいったのね。今日は休みを取るか、午前中だけでもゆっくりできないの？」

「朝は会社に行くけど、午後早めに帰ってくるわ」

「そう、よかった。今日はお祖父《じい》さんのお見舞いにコディも連れていくわ。あなたは明日行くと言っておくからね」

「ママ！」パジャマ姿でキッチンに駆け込んできたコディがクレアに抱きついた。クレアは小さく細い体を受け止めて抱きしめ、頬にキスしてから、こみ上げる思いをこらえて手を離した。

　三人で朝食をとりながら、ひいおじいちゃんにもらった箱で宇宙船を作ったんだよというコディの話に耳を傾ける。コディが祖母と話している間、クレアの心の一部はニックへと飛び、コディとの顔合わせはどんなふうになるだろうと思いをはせる。きっとニックはコディを心から愛し、できるだけ一緒にいたいと思うだろう。

　朝食が終わり、クレアが片づけようとすると祖母がかぶりを振った。「いいから、もう少しコディのそばにいなさい。わたしにも仕事をさせて」

「ありがとう」クレアは笑い、コディに向き直ってほほえんだ。コディは宇宙船を見せようとクレアの手を引いていった。床に座り、コディの宇宙船をすごいわねとほめてやる。のりやテープでつぎはぎだらけだが、コディは自慢に思っているに違いない。

　九時を過ぎ、クレアはそろそろお仕事に行くわねとコディに告げた。「今日は午後からお休みだから、一緒に何かして遊びましょう。いい？」

「お外でうちゅうせんに色をぬってもいい？」

「いいわよ。どんな色のペンキがあるか、ガレージで見て、なかったら帰りに買ってくるわ」

　玄関でコディと祖母にいってきますを言うころにはもう十時近くになっていた。「いってらっしゃいのキスをして」頬にキスしてくれたコディをクレアは抱きしめた。

「じゃあ、また午後にね」コディの肩に手を置いた祖母が戸口で手を振り、クレアは車へ急いだ。玄関ドアが閉まる瞬間、駆けていくコディの背中がちらりと見えた。またいとおしさがこみ上げ、昨日のことなどなかったらよかったのにとクレアは思った。


その夜、クレアはコディが〝おにいちゃんのベッド〟と呼ぶシングルベッドの上に並んで座り、抱き寄せてやりながら、いろんなものに穴を空けて食べ続けるあおむしの絵本を読み聞かせてやった。もう内容はわかっているのに、ページをめくるたびにきゃっきゃっと笑う。寝る前のお気に入りの本で、もう百回は読んだのに、いつも初めてのように喜ぶ。

こうして二人で過ごす時間が大好きだ。毎日仕事をしながらも、夜のこの時間を楽しみにしている。ほのかな明かりの中でコディを見つめながら、ニックには渡したくない、このまま独り占めしたいと思ってしまう自分がいる。でもそれは不可能だ。この子の存在をニックが知った今、後戻りはできない。

まずは祖母に話さなければ。コディに話すのはニックが訪ねてくる直前にしないと、興奮して待ちきれなくなってしまうだろう。やがて、眠ったコディにキスし、部屋をそっと出たクレアは、祖母がいる居間へ戻った。

「お祖母《ばあ》ちゃん、ダラスでのことで話があるの」

祖母は縫い物から顔を上げ、遠近両用眼鏡を押し上げてクレアを見た。「契約はうまくいったんでしょう？」

「ええ。でも一つ、予定外のことがあって」この話をするのはつらい。わたしたちの生活ががらりと変わってしまう。でも後回しにしても何も変わらない。

「買主の弁護士がニック・ミランだったの」

「まあ」祖母が縫い針を置いた。「それは驚いたわね。あちらももうお子さんがいらっしゃるの？」

「いいえ。二年前、妊娠中だった奥さまが交通事故で亡くなったそうよ」

「そんな……奥さまとおなかの赤ちゃんを一度に亡くされたの？　それからずっとお独りで？」気の毒に、と祖母の目はうるんでいる。

「そうよ」クレアは大きく息を吸い、いっきに言った。「わたし、コディのことを打ち明けたわ」

「クレア」祖母の表情がこわばり、目に涙があふれた。何も言わなくても心配してくれているのがわかる。やがて祖母は気を取り直して言った。「ここへ、コディに会いに来るのね」

「ええ。金曜日にこっちへ来て、わたしたちを夕食に連れていくと言っているの。お祖母ちゃんも一緒よ。金曜日と土曜日はうちに泊まって、日曜日に帰ることになっているわ」

「それなら、あなたとコディだけのほうがいいわ。わたしは妹のベッキーのところに泊めてもらうから」思いがこみ上げてきたのか、祖母は一瞬言葉を切った。「クレア――」

　祖母の目に涙が光っている。ニックがコディと会えばどうなるかと、心配してくれている気持ちが痛いほどわかる。クレアも同じ気持ちだった。でもめそめそしている場合ではない。祖母を安心させてやらなければ。「なんとかなるわよ、心配しないで。ニックはいい人だから」

「そう言われても心配よ。あなたもそうでしょう。明日お見舞いに行ったら、お祖父ちゃんにも話してあげて。うまくいくよう祈ってくれるわ」

「話せそうだったらね。お友だちと一緒だったら、また日を改めるわ」

　祖母がうなずいた。「ニックはさぞ驚いたでしょうね。話さなきゃと思ったあなたの気持ちはわかるわ。今まで知らせなかったことを怒っていた？」

「最初はね。でも、そのうち落ち着いたわ」

「コディを独り占めしたがるんじゃないかしら」

「それはないと思うけど、これからのことは二人で相談して決めないと。ニックはきっといいパパになるわ」また泣き出した祖母をクレアは抱きしめた。

「泣かないで。どうなるかはまだわからないけど、わたしからコディを取り上げたりはしないとニックははっきり言ってくれたから」

「ミラン家には勝てないわよ。あの一族の力は強大だから」

「勝ち負けは関係ないわ。もう泣かないで」本当にそうであればいいけれど。クレアはまた、すっかり細く弱々しくなってしまった祖母を抱きしめた。

　祖母が涙を拭いて座り直した。「もう大丈夫よ、心配しないで。成り行きにまかせるしかないわね。うまくいくことを祈っているわ」

　クレアはうなずいた。「大丈夫よ。コディに話す前にお祖母ちゃんに話しておきたかったの。なんでも前向きな子だから、コディはきっと大喜びするでしょう」そうであってくれればいいけれど。

　金曜日、クレアは休みを取った。祖母はもう大叔母の家に行っている。午後の間ずっと、彼女はコディを膝に抱いていた。

「コディ、お話があるの」大きな青い瞳で見上げてくるコディを、クレアはほほえんで軽くハグした。スーパーヒーローの絵がついたTシャツにジーンズ、テニスシューズ姿で、早く外で遊びたいのだろう。

「この間、あなたのパパに会ったの。これがパパの写真よ。ニコラス・ミランという名前なの」

「これ、ぼくのパパ？」

「そうよ。今夜、コディに会いに来るわ」

「このパパが、くるの？」コディが目を輝かせてにっこり笑った。ディズニーランド行きの切符をもらったかのような喜びようだ。この瞬間からニックが来るまで、コディは興奮しっぱなしだった。

クレアはコディに新しいレゴブロックを与え、コディが遊んでいる間に着替えをした。Ｖネックで膝丈の深紅のコットンワンピース、同色のハイヒール、黒髪を肩に垂らした姿を鏡で最後にチェックする。不安で落ち着かず、手も氷のように冷たいが、またニックに会えると思うと胸が高鳴ってしまうのをけんめいにこらえる。

チャイムが鳴り、クレアは玄関へ急いだ。コディは言いつけどおり、居間で待っている。ドアを開け、ニックの青い瞳と笑顔を目にした瞬間、鼓動がさらに跳ね上がり、息がはずんだ。濃紺のスーツに同系色のネクタイ姿のニックはとてもハンサムで、思わず心を奪われてしまう。もう一度大きく息を吸い、クレアはドアを大きく開いた。「いらっしゃい、ニック。コディはすっかり興奮しちゃって」

「ぼくも興奮しているよ」ニックはクレアの全身に視線を走らせた。「きれいだよ、クレア」かすれ声でそう言うと、彼女の肩越しに家の中に目を向けた。

「お祖母さんはどこだい？」

「大事な顔合わせだからわたしたち三人だけのほうがいいだろうって、この週末は大叔母の家へ行ってくれているわ」

「気を使ってくれたんだな。確かにそのほうがありがたいよ」ニックが言った。

ニックの背後に目をやると、白いリムジンが停《と》まっていた。「リムジンで来たの？　運転手さんはわたしたちが夕食に行くまでずっと待っているの？　レストランへはわたしの車で行けるから、リムジンには帰ってもらったら？」

「車は今夜のレストランへの送迎も含めて頼んである。レストランから戻ってきたら帰すよ。コディもリムジンに乗ってみたいんじゃないかと思って。乗ったことはあるかい？」

「ないわ。好奇心旺盛な子だから、きっと喜ぶわ」

ニックがドアの内側に荷物を置き、保冷ボックスをクレアに渡した。「お祝い用にシャンパンを持ってきたよ。あとで飲もう」彼の温かい指と指が触れ合った。「コディにもプレゼントを持ってきたんだが、それは顔合わせしてからにしよう」

「それがいいわ。今は何よりもあなたに興味津々だから、プレゼントには目もくれないでしょう。居間で待っているように言ってあるから、一緒に行きましょう」クレアはニックと腕を組み、居間に入っていった。いよいよわたしの人生が、そしてニックの人生が、永遠に変わるときが来た。

5

待ちわびていたのに、誰かと会うのにこれほど心もとない気分になるのは初めてだとニックは思った。一目会えば大好きになることはわかっていたが、息子のコディにどう接すればいいかわからない。

ダラスでクレアと別れた日から数日間、この瞬間をずっと待っていた。だが、居間に入ってコディを一目見た瞬間、不安はいっきに消えた。この子は間違いなくミラン家の血を引いた、ぼくの子だ。コディは大きな青い瞳でニックを見つめ、笑みを見せた。

「コディ、いらっしゃい」クレアが優しい声で呼ぶと、コディが駆け寄ってきた。クレアはシャンパンの保冷ボックスをテーブルに置き、コディの肩に手を置いた。「紹介したい人がいるの。そのあとママはちょっとキッチンへ行ってくるわ。いい？」

「いいよ」クレアを見上げたコディはそう答え、また興味津々の目をニックに向けた。

「コディ、この人はニック・ミラン、あなたのパパよ。ニック、この子があなたの息子のコディよ」そう紹介すると、クレアはシャンパンを持って居間から出ていった。だがその姿も目に入らず、ニックの視線は自分を見つめるコディにくぎ付けだった。

ほほえんでコディに歩み寄ったニックは、息子の目線までしゃがみ込み、かすれ声で言った。「ぼくがパパだよ、コディ。きみが大好きだ」

「はい」小さな声でコディが言った。

感動で胸が締めつけられる。「コディ、ハグしてもいいかい？」そうたずねながら、ハグの許可を求めるのは生まれて初めてだな、とニックは思った。

コディがうなずいた。「いいよ」

喜びと不安に胸を高鳴らせながら、ニックはコディをそっとハグした。「きみにはわからないだろうな、ぼくがどんなにうれしいか」彼はそう言うとコディから手を離した。「ぼくのことは、お父さんでもパパでも好きに呼んでいいよ。どっちがいい？」

コディにじっと見つめられ、ニックは緊張した。どっちも呼びたくないと言われたらどうしよう。息もできず、待ち受ける。

「パパ、でいい？」コディが言った。

「いいとも。そう呼んでくれたらとてもうれしいよ。さあ、ママを探しに行って三人でお話ししよう」

「うん」コディがうなずいた。

居間から駆け出していくコディの姿にまた胸がいっぱいになる。一目見てあの子が大好きになった。ずっとあの子を見ていたい。息子の存在を知ったからには、毎日でもあの子のそばにいたい。

お父さまはきっとわたしと結婚しろとおっしゃる

わ――この前クレアにそう指摘されたときはあまり深く考えなかったが、今はそれが格好の解決策に思える。だがそれは、むしろ自分側の都合だ。二人の間には以前と同じ、いやそれ以上の問題が立ちふさがっている。結婚してもうまくいかなかった場合、離婚となれば前回の別れ以上のつらさを味わうだろう。便宜結婚したとしても、再びクレアを愛してまた傷つくのを避けることなどできるだろうか。いや、そんな結婚にクレアが同意するとは思えない。

　ニックは玄関に置いてきたたくさんのプレゼントを居間へ運び込んだ。さっきはコディばかり見ていて、部屋の隅の大きなクリスマスツリーが目に入っていなかった。子ども用のオーナメントやコディが作ったであろう色紙のチェーンなどが飾られたツリーの下にはすでに包みがいくつも置いてある。今年のクリスマスはコディと過ごせると思うと楽しみだ。クレアがいいと言ってくれればの話だが。

　やがて、コディがクレアの手を引いて戻ってきた。

「わたしを連れてきてって言われたと、コディが」

「ああ。仲良くなるには時間がかかるからね。コディ、きみにプレゼントを持ってきたんだ。まだこの袋の中に入っている。出して開けてごらん」

「ニック、わたしたちは座って見ていましょう」クレアが腰を下ろし、長く美しい脚を組んだ。コディが問いかけるようにクレアを見やり、クレアがうなずいた。「いいわよ、開けてみて」

　コディが最初の包みを慎重に開けた。出てきた絵本を見たコディは笑顔になり、持ち上げてクレアに見せた。「ママ、見て」

「大好きな本ね、ずっとほしかったやつだわ」クレアがニックに笑いかけた。最初に開けたプレゼントがコディの本当にほしかったものだったと知り、ニックはほっとした。クレアからリストはもらっていたが、まだ不安ではあったのだ。

コディがニックを見た。「ありがとう」

「どういたしまして、コディ」

　コディは本を脇に置くと、さっきより大きな包みを袋から取り出して包み紙を破り、レゴブロックの箱をクレアに見せた。「これ持ってないやつだ。ありがとう」またニックに笑顔を向けてから箱に目を戻す。「今遊んでいい、ママ？」

「他のプレゼントも開けてみたら？　それから、好きなので遊べばいいわ」クレアが言った。

　コディが包み紙を破く勢いはどんどん早くなり、ますます興奮は高まっていった。猿のぬいぐるみにはスプリングがついていて、レバーを引くと空中に勢いよく飛び上がる仕掛けになっていた。クレアがきゃっと驚き、コディがはじけるように笑い出した。

「コディ、家の中ではだめよ」クレアがたしなめた。

「あとで裏庭でやってみよう」ニックが言った。

「はーい」コディはくすくす笑いながら言い、また次の包みを取った。

「あれも同じようなやつ？」妙な形の包みを見てクレアがたずねた。

「似ているが、あれは飛び上がらないよ」ニックは目を輝かせて笑うコディを見つめ、ぼくの息子はなんてかわいいんだろうと思った。コディが取り出したものは、黒い目と笑った口のついたふわふわの細長いおもちゃだった。スイッチを押すと、そのおもちゃはうなり声をあげながら床を這《は》い回った。コディは大声で笑いながら床に腹這いになり、おもちゃの動きを見ている。

　クレアも首を振って笑いながらニックを見返してくる。その瞬間、ニックは彼女と心が通い合ったように感じた。息子を真ん中に、その瞬間家族になったような気がし、感謝の思いがこみ上げてくる。

　コディがまた次のプレゼントを開け、叫びながら飛び上がって駆けてきた。「ママ、見て！」

「子ども用のコンピュータね。これでいろいろ楽しいことができるわよ」クレアはほほえんだ。

最後の箱を取り出して包み紙を破ると、虫取り網や昆虫採集セットが出てきた。

「やった！　これで虫取りに行けるよ」コディはそれもクレアに見せに来た。

「ニック、男の子へのプレゼントとしてはどれも最高よ。コディは全部気に入ったみたい」

「ありがとう。三歳の息子がいる古い友人にアドバイスしてもらったんだ」今度マイク・カルホーンに会ったら礼を言わなければ。

「さすがは専門家ね」クレアがほほえんだ。

「これ、今やってもいい？」コディがプレゼントの山からレゴの箱を引っ張り出してニックに見せた。

「クレア、このあとの予定は？　今から遊んでもいいかな？」

「いいわよ、レストランはいつでも大丈夫だし」

ニックはコディに向き直った。「よし、コディ。これから三十分だけ遊んで、そうしたらママとディナーに行こう。それでいいかい？」

「わーい！」コディが部屋から駆け出した。

「ついていってことかな」ニックがたずねるとクレアがうなずいた。

「キッチンのテーブルに行ったのよ。いつもそこで祖母と遊んでいるの。祖母は床に座れないから」

「きみも行こう」

「だめよ、せっかくの男同士の時間なんだから」クレアはそう答え、ためらっているニックをせかした。

「早く行かないと、あの子一人でやっちゃうわよ」

立ち上がって出ていきかけたニックは足を止めて言った。「クレア、コディはすばらしいよ。世界で一番かわいい子だ」

「ありがとう。わたしもそう思うわ。コディもパパができてうれしいはずよ」そう言ってふっとほほえみながらも、クレアはどこか心配そうだ。コディとぼくを会わせたくなかったのだろうか。こちらは感謝でいっぱいで、心配などいらないと彼女を抱きしめてやりたい。だがクレアはぼくとの間に壁を築いてしまっている。ぼくもそうするべきだ。クレアが相手だと、軽いキス一つでも心を奪われてしまいかねない。その結果、また傷つけ合うだけだ。

　キッチンに入ったニックは、クレアの言うとおり、コディが一人でどんどん組み立てているのを見て驚いた。箱に書いてあるお手本にならってちゃんとできている。ニックが隣の椅子に座ると、コディはにこっと笑い、また次のブロックをはめた。ニックも手伝いながらコディとおしゃべりした。聞いていたとおり、とても人なつこくて快活な子だ。本当にいい子に育ててくれた。クレアは最高に――

　胸が高鳴るのを感じ、ニックはやめろと自分を戒めた。彼女に触れたい、キスしたいなんて考えてはいけない。再び彼女に恋してはいけない。

　三十分後、コディはニックを子ども部屋へ連れていき、自分が作った他の作品も見せてくれた。クレアが戸口にやってきた。「お楽しみ中悪いけど、コディの寝る時間もあるし、そろそろレストランへ行かないと、ここで食べることになるわよ」

「だめだ、コディ、出かけよう。きみの作品はまたあとでか、今度来たときに見せてもらうよ」

「わかった」コディが答えると、ニックの携帯電話が鳴った。ニックは少し離れて仕事の電話を取った。

「出かける前に手を洗ってらっしゃい」クレアに言われ、コディが駆けていった。電話を終えたニックはクレアのいる居間に戻った。窓辺に立つクレアの姿を目にすると、また欲望がこみ上げてくる。足音に気づいて振り向いたクレアに見つめられ、ニックは深く息を吸った。駆け寄って抱きしめたい衝動をこらえ、少し手前で足を止める。

「コディは本当に楽しい子だ。いい子に育ててくれたね」またクレアへの感謝で胸がいっぱいになる。あの日コディのことを打ち明けないままクレアが帰ってしまっていたら、これから何年も息子の存在を知らずにいたのかと思うと恐ろしくなる。

「ありがとう。でもわたしの子育ての賜物《たまもの》だとは思わないわ。遺伝じゃないかしら」そう言ってクレアはウインクした。「わからないけど」

コディが戻ってくると三人はコートを着た。玄関へ向かいながらニックはコディを軽々と抱き上げた。

「リムジンに乗ったことはあるかい？」

「ううん」コディが目を丸くして玄関ドアを見やる。

「これから乗るんだよ」

コディがぱっとクレアに笑顔を向け、クレアが声をあげて笑った。「わくわくしている顔だわ」

「いいぞ。さあ、見に行こう」ニックは玄関ドアを開けてコディを下ろしてやった。

「わあ！」コディはその場に立ったまま、口をぽかんと開けてリムジンを見つめた。

そんな反応がうれしく、ニックはコディに自動車電話やミニバー、運転席と隔てる開閉式のガラスの仕切り、その他さまざまな仕掛けなど、リムジン内部をたっぷり見せてやった。運転手も紹介し、やっと三人はリムジンに乗り込んで出発した。

レストランに到着するまで、コディは一言も口をきかずに車内を眺め回し、ニックは笑いながらクレアに言った。「ぼくたちのことなど眼中にないようだな。こんなに喜んでくれるとは思わなかったよ」

「あなたは数えきれないほどリムジンに乗ってきて、初めてのときのことは覚えていないんでしょう」

「確かに。それに、もし父親と一緒だったら、こんなふうに隅から隅まで観察できなかったと思うよ」

二人はほほえみ合い、ニックはかつてクレアと過ごした笑いにあふれた日々を思い出した。両親がダラスに引っ越したあと、実家の牧場へ彼女を連れていったときの記憶がよみがえる。早朝に馬に乗り、日の出を見た思い出は最も幸せなものの一つだ。ニックのお気に入りの場所、少年時代一人になりたいときに行った場所を二人で巡った。小川のそばの小さな草地に入ると、岩の上でスカンクがのんびり寝そべっていた。二人は声をあげて笑い合い、スカンクの邪魔をしないようにその場から去った。

　リムジンがレストランに着き、駐車係がドアを開けてくれた。ニックははっとわれに返った。

　店の内部はジャングルのような雰囲気で、雷鳴がとどろき、稲妻が光り、効果音で動物たちの鳴き声が響いていた。コディは食事中ずっとその世界にひたっている様子だった。

　食事が終わると、すっかり興奮したコディはリムジンでクレアにもたれ、たちまち深い眠りに落ちた。

　車がクレアの家に近づくと、ニックは改めてその家を眺めた。さっきは気づかなかったが、二階建ての大きな家の前にはきれいに手入れされた芝生が広がり、背の高い木々にはクリスマスの電飾が輝いている。「美しい家だ。クレア、がんばったな」

「ありがとう。仕事でもいろいろ幸運に恵まれたの。ずっと祖父の仕事を手伝ってきたから、大学卒業後入社したときにはすばらしい人脈ができていたわ」

「きみががんばったからだ。お祖父《じい》さんからの人脈を基盤に、お祖父さん以上の成功をおさめたんだ」

「さいわい、お客さまの口コミで評判が広まって。仕事は好きだし、年中休みなしだけど、コディとの時間は自由に取れるし」

「それは何よりだ」

　リムジンが停《と》まると、クレアは眠っているコディを見下ろした。「もう寝る時間を過ぎているし、今日はずっと興奮していたから。ちょっと待ってね、一度起こすわ」

「いや、こんな軽い子だ。ぼくが運ぶよ」ニックが軽々と抱き上げると、コディは眠ったままニックの首に腕を巻きつけた。

土曜日の夜に夕食に行くからまた迎えに来るようリムジンの運転手に伝えてから、ニックは子ども部屋までコディを運び、ベッドに寝かせてやった。

「着替えさせるのを手伝おうか？」

クレアがかぶりを振った。「靴と靴下だけ脱がせてこのまま寝かせるわ。今日はくたくただろうし」

ニックはベッドから離れ、子ども部屋を見回した。棚にはコディと曾祖父母《そうそふぼ》、祖母、クレアとの家族写真が何枚も飾られている。もう一つのドアからのぞくと、隣はおもちゃや本棚の並ぶプレイルームになっていた。大きな水槽が部屋の中央部を占めていて、棚の上にはスーパーヒーローの人形たち、一方の壁はくまのプーさんの壁紙で彩られている。

隣の部屋とつながったドアが開いている。クレアの寝室のようだ。天蓋のついた四柱式のベッドと枕が見え、彼女が横たわる姿が目に浮かぶ。黒髪が枕に広がるさまを思い出すと、また欲望に火がつく。

振り返ると、クレアがコディにかがみ込んでいた。ワンピースの後ろ姿のヒップラインから長い脚が伸びている。クレアを見ていると、カレンの死後にデートしたどんな女性にも起きなかった反応で体が熱くなってくる。クレアもきっとぼくに対して同じように反応しているに違いない。

理性的に考えれば、彼女から距離を置くべき理由はいくらでもある。だが、この体の反応は、こみ上げる欲望は止めようがない。クレアは美しくセクシーな女性なのだ。やめろ、とあわてて顔をそむける。ここに立ったまま彼女を見つめ、あの長い脚をこの腰に巻きつけて愛を交わし合ったときのことを思い出している限り、距離など置けるわけがない。

視線を戻すと、クレアがコディのベッドから離れていた。ベッドの中のコディはすやすや眠り、茶色の髪が額にかかっている。この子と人生をともにしたい。クレアの協力は必要だが、自分もコディの人生の一部になりたい。今日の午後に初めて会ってからというもの、コディがいとおしくてたまらない。

クレアがこちらに歩み寄り、ささやくように言った。「下へ行きましょう」

廊下に出ると、クレアがニックの袖をそっと引き、廊下の向かい側の部屋の照明をつけた。

「この週末はこのスイートを使って」フローリングにラグを敷いた濃紺のインテリアの大きな居間部分が見える。「寝室とバスルームもつながっているわ。廊下の先にはさらに二つスイートがあって、わたしの仕事部屋もこの階にあるわ」

「すばらしい家じゃないか。上質で住み心地がよく、実用的でもある」

「数ある中で一番腕のいい業者に頼んだの」

ニックはほほえみ、クレアのなめらかな頬を指でなぞった。「さすが有能なビジネスウーマンだ」

「だといいけど」

不動産業者として成功し、自分で家まで建てた。そんなクレアにますます心ひかれてしまう。今すぐキスしたいという衝動に逆らえず、ニックは背後から照明を受けて立つ彼女に一歩近づいた。だが彼が唇を近づける間もなく、クレアが一歩下がった。まだ壁が立ちはだかっている。礼儀正しく親切で、コディのことに関してはとても協力的だが、そんな顔の裏に、ニックに早く帰ってもらいたい、わたしの人生から消えてほしいという本音が透けて見える。

「下へ行きましょう。コディの部屋にはベビーモニターがあるから、目を覚ましたらわかるようになっているわ。タブレットで室内の映像も見られるから、ぐっすり眠っているかどうかもわかるし」

「あの子の安全のために万全を期しているんだな」

ニックはクレアについて階段を下りた。

階下に着くとクレアが言った。「コディの扱いがとてもうまかったわね」

「聞き分けのいい子だからさ。親ばかかもしれないが、まさに非の打ちどころがないよ」

クレアが声をあげて笑った。「新米パパそのものね。でもあなたの言うとおり、とても育てやすい子なの。かわいげがあって賢くて。パパができたことも喜んでいるわ。たくさんのプレゼントもよかったし、極めつけはリムジンよ」

「リムジンを提案してくれたのもマイクだよ」

「きっといいパパなんでしょうね。何か飲む？」

「シャンパンを開けてお祝いをしようじゃないか」

ニックは歩き出そうとするクレアの腕をつかんだ。

クレアが振り向いて彼を見上げた。「きみにも祝ってもらいたいんだ、クレア。コディとぼくを会わせたことを後悔してほしくない。あの子との時間を分け合わなければいけないのは確かだが、きみとコディにとってもプラスになるように手を尽くすから」

クレアの茶色の目は大きく見開かれ、その奥に謎を秘めている。豊かに弧を描く柔らかい唇に目が吸い寄せられる。クレアも同じ気持ちらしく、その視線がニックの唇に落ちる。胸が激しくとどろく。

二人の距離はわずか三十センチほどで、その気になればその甘い唇を味わうのは簡単だ……。

だめだ、そんな誘惑に屈してはいけない、ぼく自身のためだ、とニックは一歩下がった。「シャンパンはどこだい？」たずねる声がかすれる。

「バーよ、取ってくるわ」探るように彼を見ていたクレアが居間の隅にあるバーカウンターへ向かった。

ニックはカウンターの入り口で足を止め、彼女を見つめた。クレアは落ち着かない様子で、グラスに伸ばした手が震えている。

ニックはその細い手首をつかんで支えてやり、クリスタルのフルートグラスを二脚受け取って彼女と向き合った。「座って。シャンパンはぼくが注《つ》ぐから」彼女に触れたい、キスしたいという衝動をこらえ、ニックは栓を抜き始めた。クレアがうなずき、カウンターから出てスツールに座った。

ニックは息を吐いた。また彼女に恋してしまう気持ちをどう抑えればいい？　いつもは別れた日の怒りと悲しみを思い出せば衝動がおさまるのだが、今夜はうまくいかない。空のグラスをクレアの前に置き、コルクを抜いて、淡い色のシャンパンを注ぐ。カウンターを回り、誘惑に負けないよう一メートルほど距離を置いて、ニックはグラスを上げた。

「乾杯、美しいクレアに」

クレアがこわばった笑みを見せた。「ありがとう。でも乾杯の理由が違うんじゃない？」

ニックはグラスを触れ合わせ、クレアを見つめながらシャンパンを一口飲んだ。グラスを置いて彼女を抱きしめたい。そんなことをしてもまた傷つくだけだとわかっていても、体内で衝動が暴れ回る。

「じゃあ、ぼくたちのすばらしい息子に乾杯だ」

「そっちのほうがいいわね」クレアはわずかに肩の力を抜き、大きな笑みを浮かべた。

広い居間には柔らかな照明が一つだけで、クラシック音楽が流れている。

「次は、ぼくが息子と対面したこの夜に乾杯」ニックは再びグラスを上げた。

「これからどうなろうが、ニック、あなたはきっといいパパになるわ」

二人はまたグラスを合わせた。だが、シャンパンで渇きはいやせても、クレアへの欲望を静めることはできなかった。

ニックはグラスを置き、持ってきたブリーフケースを開けて小箱を二つ取り出すと、細長い箱をクレアに手渡し、小さいほうの箱をテーブルに置いた。

「これはきみへのプレゼントだ。きみがコディを出産したとき、ぼくはそばにいられなかった。過去はやり直せないが、できればそのときにこれを渡したかった。ささやかな感謝のしるしだよ」

「ニック、こんなものいらないのに」クレアがかぶりを振った。

「開けてごらん。コディの母親になったきみへの贈り物だよ」

「ありがとう、ニック」そっとリボンをほどき、包装紙をはがして箱を開けたクレアがはっと息をのんだ。「まあ、ニック、なんてきれいなの」

ニックは彼女に歩み寄り、中のネックレスを取り出した。金のチェーンにハート形のダイヤモンドのペンダントヘッドがきらめいている。中央の大きなダイヤに三つのハート形ダイヤが並んだデザインだ。

「つけてあげようか？」

「お願い」クレアがニックにほほえみかけた。「本当に美しいわ」

「美しいのはきみだよ、クレア。四年前よりずっと美しい」ニックは静かに言い、クレアの背後に回ってネックレスをつけてやった。

クレアが彼に向き直った。大きな瞳で見つめられ、彼女を深く愛していたころの記憶が鮮明によみがえってきた。

「クレア、ぼくの心は二度傷ついた。一度目はきみと別れたとき、そして二度目は妻とおなかの子を亡くしたとき。これ以上傷つくのは耐えられない」

「傷ついたのはお互いさまよ」クレアがささやいた。

「過去をなかったことにはしないで」

「なかったことになどする気はないよ。だがこの週末だけは将来のことは脇において、ぼくたちが再び知り合い、ぼくが息子を知る時間にしたい。先のことを思い悩むことなく、一分一秒を大切にしたいんだ。いいだろう?」

「もちろんよ。わたしもそうしたいわ」クレアがかすかに笑みを浮かべ、ダイヤモンドを指でなぞった。

「鏡で見てきていい? 本当にきれいだわ」

「プレゼントはもう一つある。開けてごらん」

クレアが小さいほうの箱を開けると、中にはチャームのついた金のブレスレットが入っていた。チャームとチャームの間の金の部分にそれぞれ一カラットのダイヤモンドが埋め込まれている。最初のチャームはゆりかごに眠る赤ちゃんで、コディの誕生日が刻まれている。次のチャームはキャンドルが一本立ったバースデーケーキ、次は幼い男の子、さらに男の子をはさんだ男性と女性をかたどったチャームが並んでいる。クレアはブレスレットに触れてほほえんだ。「特別なプレゼントね。ありがとう」

「コディが十八歳になるまで毎年一つずつチャームを増やしていくつもりだ。きみは好きなチャームを選んでつけてくれればいい」

「ずいぶん先のことまで決めてしまっているのね」手の中でブレスレットを回しながらクレアがニックを見上げた。「座りましょう」彼女が椅子に歩み寄り、ニックもテーブルにグラスを置いて隣に座った。

「ニック、ミラン家にはコディ以外にお孫さんはいるの?」

「いいや。コディが初孫だ」

「そんな」クレアが鳥肌でも立ったかのように腕をさすった。「だったらなおさら、お父さまはわたしと結婚しろと強く言われるでしょう。異論など認めてもらえないんじゃない」

ニックは眉をひそめた。「確かに。きみに直接連絡しようとするかもしれないが、そんなことはさせない。父も年を取り、ずいぶん丸くなったんだ」

クレアがため息をついてかぶりを振った。「お父さまとやり合いたくなどないし、お父さまに言われたからといってあなたと結婚するつもりもないわ。でもコディが初孫で、あなたが今後政界で活躍するとなると、当然それを求められるでしょう」

「ぼくはもう大人だ。自分のことは自分で決める」

「あなたはずっとお父さまを喜ばせてきた。そう言っていたじゃない、とても仲がいいと」

「仲はいいが、ぼくの人生はぼくのものだ。父を喜ばせるために自分が苦しむつもりはない。きみもぼくも、四年前以上に自分の生活を大切にしている。何か方法を考えて両親をコディに会わせてやれば、そのうち気持ちも落ち着くさ」

「そうは思えないわ。ただ初孫に会うだけの話じゃない。あなたの政治生命がかかっているのよ」

「今から心配してもしかたない。今はまだ父はコディの存在を知らないんだから」

クレアがかぶりを振った。「いやな予感しかしないんだけど」

「大丈夫だよ」となだめるように言いながら、ニックもやはり不安を感じていた。父のことはクレアの言うとおりだ。直接彼女に連絡したり金にものを言わせて籠絡しようとしないよう、くぎを刺しておかなければ。そんなことをすればかえってクレアの感情を害するだけだ。「それより、きみとコディの生活についてもっと聞かせてくれよ」

「もっと聞きたいのはコディのことでしょう」クレアは笑い、コディの赤ちゃんのころからの出来事を語り始めた。ニックは耳を傾けながらも、クレアを見つめて昔の日々を思い出していた。こんなふうにただ語り合う時間はほとんどなかった。会えばすぐ唇を重ね、そのまま愛を交わすのが常だった。

こんなことを考えてはだめだと自分を戒め、乱れる思いにふたをして、ニックはコディの三年間を余さず頭に描こうと努めた。クレアの話はときに愉快で、ときに心温まるものだった。やがて彼女が立ち上がった。

「ニック、もう夜中の一時よ。今日はいろいろあって精神的にも疲れたし、そろそろ寝ましょう」

「ああ、大人たちにとっては神経の疲れる一日だった」ニックも立ち上がった。「でもコディは喜んでくれた。予想以上にうまくいったな」

居間を出ると、クレアが照明を消した。ニックは持ってきた荷物を取り、階段下で待っていたクレアに追いついた。

「階下の警報装置をセットするけど、その前に何かほしいものはある？」

「いや、ないよ」

クレアが携帯電話で警報装置をセットした。階段を上りながら無意識に彼女の肩に腕を回したニックは、彼女に触れた瞬間過ちに気づいて腕を引いた。

クレアの部屋の前で、ニックはついさっき触れるなと自分を戒めたのも忘れ、荷物を置いて彼女の肩に手を置いた。「改めて、礼を言うよ、クレア」ブラウスの生地から肌のぬくもりが伝わってくる。バラ色の唇がたまらなく魅力的だ。感謝のしるしにキスしたい。いや、感謝だけではない。クレアが美しくてセクシーで魅力的だからだ。彼女のキスがどれほど甘いか知っているからだ。

「わたしこそ、ネックレスをありがとう」クレアがネックレスにそっと触れた。「本当にきれいだわ」

ニックもネックレスを見つめた。これはコディを産んでくれたことへの感謝のしるしだ。もし出産に立ち会えていたら、もっとたくさんのプレゼントを贈っていただろう。過去を悔やんでもしかたないが、ほんの数日前に息子の存在を知らされた身としては、考えるなと言われても無理な話だ。

「一週間ほど休みを取って、コディと一緒にダラスへ来ないか。そうすればもっとよく知り合える。コディが喜ぶなら、何日か牧場で過ごしてもいい」

「きっと喜ぶわ。牧場なんて、小さい子なら誰だって大好きだもの。しかもあなたも一緒でしょう」

「だったら、ずっと牧場で過ごそうか。コディも喜ぶし、きみも以前行ったとき楽しんでいただろう」

「ええ」クレアが答えた。

「ぼくもだ。とても楽しかった」

「ニック、今夜は大成功だったわね。コディはあなたがパパで本当にうれしかったと思うわ」

ニックはほほえんだ。「じゃあ、うまくいったということだね」

クレアも笑みを返したが、その表情から不安が消えることはなかった。「そうね。難しい問題は先送りのままだけど」ニックがうなずくと、クレアが部屋のドアを頭で指した。「ニック、もう寝なきゃ。わたし早起きなの。コーヒーは朝六時には用意しておくけど、もっと早いほうがよければ一時間早く起きるわ」

「六時でじゅうぶんだよ。今夜はありがとう、ぼくのためにいろいろ配慮してくれて」ニックはクレアの額に軽く唇で触れ、彼女の目を見つめた。こうしていると、改めて失ったものの大きさを感じる。「コディと過ごす時間が長くなれば長くなるほど、過去を悔やむ気持ちは薄れていくはずだ。明日、あの子に牧場の話をしてみるよ」

「おやすみなさい」クレアがうなずき、自分の部屋に入っていった。

ニックも自分の部屋に入ってドアを閉め、息を吐いた。クレアのそばにいると、常にキスしたいという衝動と闘わなければならない。その闘いに勝つのはますます難しくなっている。

「くそっ」ニックは今夜ずっとこらえてきた思いをようやく吐き出した。クレアのせいでぼくは崖っぷちだ。牧場へ連れていけば、二人で行ったときの記憶が、何時間も愛を交わした思い出がよみがえって、また彼女がほしくなってしまうだろう。前よりも傷つくだけなのに、どうすればいいんだ。

ニックは髪をかきむしった。クレアはどう思っているのだろう？　彼女も今、同じようにぼくへの思いに悩み苦しんでいるのだろうか？

不安が胸にあふれ、クレアは両手で顔をおおった。ニックは魅力的でセクシーで、そのうえわたしに優しい。また恋してしまう気持ちを抑えきれない。前以上に傷つくとわかっているのに。

少し触れられただけで体は熱くなり、軽いキスでも息がはずんでしまう。いつまでも彼に振り回されたくないのに。ニックの結婚とほぼ同時期にコディが生まれたという事実は、政治家としての彼にはダメージとなる。目前の選挙レースを滞りなく進めるには、わたしと再婚する必要があるだろう。政治など関係ないと彼は言ったけれど、そんなわけがない。ニックがどう考えようと、お父さまはわたしとの結婚を彼に迫るに違いない。

ニックはダラスの実家の牧場に一週間来てくれと言う。彼と一つ屋根の下で一週間過ごすなんて、耐えられるだろうか。かつてあの牧場でニックと愛し合った日々が、あの鮮烈な記憶がよみがえるたび、彼の魅力に抗《あらが》うことがますます難しくなる。

やがて寝支度を始めながらも、ニックとこれからどうしていくべきかと、頭の中はそのことばかりだった。居間の照明を消しに行きかけたとき、ドレッサーの上に置いたネックレスがきらめいた。クレアはネックレスを手に取り、光を受けて輝くダイヤモンドを見つめた。そうとう高価だっただろう。照明を消したクレアはネックレスをベッド脇のテーブルに置いてベッドに入った。ニックはいろんな意味で魅力的すぎる。どうすれば彼を愛さずにすむか……それが問題だ。

6

翌朝、クレアがキッチンでコーヒーをいれていると、ニックが入ってきた。コットンシャツにジーンズ、ブーツとカジュアルな姿がとても似合う。「ジーンズなんて珍しいわね」

ニックが近づいてきた。「きみのジーンズ姿もあまり見た覚えはないが、ぼくよりよく似合うよ」

「そんなことないわ。でもありがとう」クレアはニックにほほえみかけた。昨日よりリラックスしている様子なのがうれしい。

「水族館のチケットを取ってあるんだ。コディが好きでないようならキャンセルして、何か他のことをしてもいいけど」

「きっと喜ぶわ。いつか連れていこうと思っていたけどまだ行けていないの。あの子、今日は寝坊しているわ。昨夜はよほど疲れたのね」

「ママのほうはよく眠れたかい？」カップにコーヒーを注《つ》いでニックがクレアのそばに立った。

「まあまあね。心配事をすべて消すことはできないけど」クレアは静かに答えた。

ニックがマグカップを置き、クレアを囲い込むようにカウンターの両側に手をついて、彼女の目をまっすぐ見つめた。クレアの鼓動が高鳴った。

「楽しい気分の朝に戻ろう。ぼくたちは友だちだったじゃないか。急ぐことはない。ぼくもじっくり時間をかけてコディと仲良くなっていくつもりだ。コディに関してきみをせかすつもりもないし、期限も決めない。お互い、過去は忘れるように努めよう」

ニックがそう言って笑みを浮かべた。

「そうね」理解ある彼の態度に、クレアの胸はますます苦しくなった。二人の距離が近すぎる。その唇から目が離せない。大きく息を吸って顔を上げると、ニックも欲望をにじませた表情でこちらを見ていた。

「生活が大きく変わることだし、あなたをわたしたちの生活に受け入れることに早く慣れないと」クレアはそう言い、いつも心を奪われてきた青い瞳を見つめた。なぜこんなに敏感に反応してしまうのだろう。さっきも彼がキッチンに入ってきたとたん胸が高鳴り始め、そばに来るとさらに心拍数が上がった。

「そうだな。でも覚えておいてくれ、ぼくは決して無理強いはしない。急ぐ必要はないから」ニックが彼女の体に軽く腕を回した。「きっと見つかるさ、お互いが納得できる解決策が」

クレアは答えなかった。口で言うのは簡単だが、できるとはなかなか思えない。「そろそろ朝食の支度をしなきゃ」ニックから離れ、彼女はコンロにかけたオートミールの鍋をかき混ぜた。

ニックは今も変わらず魅力的だ。でも、二人がうまくいく方法が見つからない限り、前回以上に傷つくだけだ。わたしは今もヒューストンを離れられないし、ニックも弁護士や議員の仕事で当分ダラスやワシントンDC、オースティンを離れることはできない。そのうえ息子まで巻き込むとなると、わたしばかりか、コディも傷つけてしまう。

小脇にトラのぬいぐるみを抱えたコディがスキップでキッチンに入ってきた。パジャマ姿で、もう片方の手には昨日もらった虫取り網を持っている。

「おはよう」クレアはコディを抱きしめ、このまま抱いていたいのをこらえて手を離した。続いてニックがコディを抱き上げた。

「今日は水族館のチケットがあるんだけど、コディはどう思う?」

コディがクレアに目を向け、クレアが説明した。

「大きな水槽があるところよ。コディのよりずっとずっと大きくて、コディより大きなお魚がいるの」

コディがニックに笑顔を向けた。「行きたい。うちにもちっちゃなおさかながいるよ」

「うん、見たよ。朝ごはんが終わったらきみの水槽を見に行こう。お魚のことを教えてくれ。どんな種類がいるか知ってる？」

「うん、知ってるよ」コディが言った。

ニックがコディを床に下ろすと、コディは虫取り網とぬいぐるみを隣の椅子に置き、幼児用椅子によじ登った。ニックが椅子をテーブルに押し込んでやった。「こういう椅子をうちの家にも買わないとな。そうだ、牧場にも」

クレアははっとした。そんなことは考えもしなかったが、コディを自分の生活に迎え入れるとなれば、ニックはいろいろと買いそろえるだろう。とたんに話が現実味を帯びてきた。ニックがちらりとこちらを見たので、クレアはあわてて目をそらした。

彼はすぐそばまで来ると、彼女の手からスプーンを取った。「ぼくがかき混ぜておくよ。きみはコディと遊ぶか、他にやりたいことをやればいい」

「ありがとう、ニック」動揺に気づかれたに違いないと思いつつ、クレアは答えた。

オートミールをかき混ぜながらニックが続けた。「リムジンの運転手に連絡して、水族館までの送迎も頼んでおいた」

「リムジンで行くの？」クレアとコディが同時にたずねた。コディの顔が期待に輝いていて、クレアは思わず笑ってしまった。

ニックがうなずいた。「そうだよ、コディ」

コディが大喜びし、クレアはかぶりを振った。

「来週はきっと退屈になるでしょうね」

「だったら来週はダラスに来るといい。経営者はきみなんだから、仕事は誰かにまかせればいいさ」

「そんな簡単にはいかないわ、面談の約束とか契約とか、やることがいろいろあるもの。食事が終わったら予定を確認してみるわ」

「わかったら教えてくれ。こっちもスケジュールを調整して休みを取るから。コディ、うちの牧場で何日かお泊まりするかい？」

「うん」コディが目を見張った。「馬とか牛とか、いる？」

「いるよ。ママがいいと言ったら、一緒に馬に乗ろう」

コディに期待の目で見つめられ、クレアはうなずいた。「いいわよ、パパと一緒なら」〝パパ〟と口にする前にほんの一瞬ためらった。そう呼ぶしかないけれど、ニックをパパと呼ぶなんて妙な気分だ。

三人で楽しい時間を過ごしながら、どうしてもニックを意識してしまう。心ひかれる気持ちがかき立てられるたび、そのあとの傷心の予感にも襲われる。息子を介して彼とはずっと関係が続くのに、どうやってこの心を守ればいいのだろう。

朝食後、三人はリムジンで水族館へ行った。館内を歩き、サメの水槽の間を走る園内トラムに乗りながら、クレアの目はニックの広い肩や引き締まった腰、長い脚に吸い寄せられた。ブーツをはいているのでいつも以上に背が高く、その姿を見るだけで胸が高鳴る。コディのあげる歓声でようやく気をそらす。

コディと並んで水槽の中を泳ぐ魚を見ていると、ニックが言った。「今夜の食事も予約しておいた。七時からだが、遅すぎるなら変更するよ」

「いいえ、七時でいいわ」

これから午後いっぱい水族館で過ごし、そのあと外食まで。ニックの魅力に屈せずに一日やり過ごすことなどできるのだろうか。

夕方、新しいコンピュータで遊ぶコディを手伝ってやりながら待っていると、クレアがヒールの音を響かせてキッチンに入ってきた。襟ぐりが大きく開いた緋《ひ》色《いろ》のクレープ地のドレス、髪は肩に垂らして、両脇にべっこうの飾り櫛《くし》をつけている。アクセサリーはニックがプレゼントしたダイヤモンドのネックレスと金のチャームのブレスレットだけだ。

　その美しさに思わず目を奪われ、ニックはかすれ声で言った。「すてきだよ、クレア」

「ありがとう。あなたたちもとてもハンサムよ」クレアが黒のズボンに白いドレスシャツを着たコディにほほえみかけた。

「ありがとう」コディが真面目な顔で言った。

「ぼくもありがとう」ニックも上の空で言いながら、その目はクレアにくぎ付けだった。今夜、彼女に触れず、キスせずに乗り切れるだろうか。ニックはコディを抱き上げた。「さあ、夕食に行こう。リムジンが待っている」

　夕食の間、コディは窓の外のまばゆい街の灯《あか》りに興奮していたが、ニックはただクレアだけを見ていたかった。なめらかな肌、きらめく大きな茶色の瞳、官能的な唇。見るたびにうめき声がもれそうになる。ニックは視線を転じ、マカロニチーズをおいしそうに食べるコディに意識を集中しようと努めた。

　ロブスターの夕食を終えるとクレアが言った。

「スケジュールを確認して、秘書と祖母とも話をしたわ。来週ならダラスへ行けそう。あまり長居するつもりはないから、出発は水曜日がいいわ。車の運転はしたくないから、飛行機も予約しないと」

「車の運転も飛行機の予約も必要ないよ。うちのプライベートジェットを使えばいい。できれば月曜日から一週間たっぷり来てほしいな。まず牧場へ行き、コディが飽きてきたらダラスに戻ってもいい」

「月曜日は出社して仕事の割り振りもしないといけないから、行けるとしたら火曜日ね」

「わかった。火曜日を楽しみにしているよ」

帰宅したのは午後九時で、十時にはコディはベッドで眠りについていた。

「あの子、あなたを好きになったみたい。当然よね」居間に戻り、クレアはニックに言った。コートを脱ぎ、ネクタイを取ってシャツの第一ボタンも外した姿を見ると、繰り返し愛を交わした夜の思い出がよみがえる。あの仕立てのいいスーツの下には、今もまざまざと目に浮かぶ筋肉質の引き締まった体があるのだ。

自分の体がいつまた勝手に反応するかと思うと、二人きりでここに座っているのが怖い。

クレアはふと思いついて言った。「改めて一階をしっかり案内するわ。どこにいてもコディが起きたらモニターでわかるから」そう言ってタブレットを手にし、まず廊下へ出る。「一階のこちら側にはスイートルームが二つと、エレベーターもあるわ。祖父母の寝室はもう一階に移したけど、祖母は今でも二階に上がることがあるから」ぴったりついてくるニックを意識しながら、反対側にある大きなトレーニングルームに入る。「いつか屋外にプールも作るつもりだけど、今のところここで運動しているわ」

「すごいな」磨き抜かれたフローリングを見てニックが言った。「音楽はかけられるかい？　音楽に合わせて体を動かすのは楽しいし、ダンスもできる」

クレアは一瞬迷ったが、その青い瞳を見上げた瞬間、ためらう気持ちが溶けていった。

「エクササイズ用の曲ならあるけど」ニックの視線を感じながらカセットテープをかける。「これとかダンスにいいかも——いろんな曲が入っているの」

「まずこれを」ニックがクレアに歩み寄り、髪を留めていた櫛を外してポケットにしまった。クレアの髪が肩にふわりと広がった。「きみの髪はこうしているのが一番好きだ」

そんな仕草にも四年前と変わらず反応してしまう。相手がニックだからか、それとも彼と別れて以来男性とまったく縁がなかったからだろうか。

「髪を下ろしたりしないで」ニックの唇に目を落としてささやき、また顔を上げると、彼の瞳は欲望に燃えていた。「ダンスもしないほうがいいわ」

ニックが深く息を吸ってかぶりを振った。「テンポの速い曲だし、体を動かせば緊張もほぐれるよ」

そう言う彼の声はさっきより深く、視線は熱く、キスしたいという思いがにじんでいる。そしてクレアも、いけないと思いつつ彼のキスを求めている。

ニックはクレアから少し離れて踊り始めた。二人で踊りながらも、彼の視線が自分の体を這《は》い、また視線をとらえるのをクレアは感じていた。緊張がほぐれるどころか、彼のセクシーな動きでますます欲望がかき立てられていく。

それでも、はずむようなリズムに合わせて動いているうち、わずかながらリラックスし始めた。

楽しい週末だったけれど、今後の問題となる話し合いや決断は先送りしたままだ。ニックと息子を会わせる名目で交流を再開させながらも、何も決めず宙ぶらりんの状態だ。

次の曲はポルカだった。ニックはほほえんでクレアの手を取り、広い空間を回りながら踊り始めた。ポルカなどもう何年も踊っていなかったけれど、ニックと笑いながらくるくる回っていると、まるで飛んでいるような気分になる。次のバラードでもニックはクレアの手を取り、距離を保ったままゆっくり踊った。

「ポルカを踊ったのは大学以来だよ」

「そうね、わたしも」クレアは彼にほほえみかけた。

「きみはそうやって笑っているほうがいい」

「この曲が終わったら休憩して冷たい飲み物でも飲

みましょう」このまま踊り続けていてはまずい。触れ合うたびに彼を意識し、冷静さを保てなくなる。

「もういいよ」二人は踊りをやめ、クレアは音楽を止めて明かりを消し、二人で部屋を出た。ニックが言った。「すばらしい家だ。コディも本当にいい子に育っている。ダラスに来たらうちの家族にも会ってほしい。コディに会わせたいんだ」

「いいわよ。ご家族はお元気？　マディソンは今も絵を描いているの？　以前ヒューストンで個展を開いていたときにお会いしたけど」

「ああ、みんな元気だよ。マディソンはジェイク・カルホーンと結婚し、ジェイクの牧場で暮らしている。ワイアットは郡保安官になった。友人たちは仕事を続けろと言っているが、本人はこの任期を終えたら自分の牧場に引っ込むつもりだ。トニーも牧場の仕事をしながら多忙な独身生活を送っている。父は仕事を引退し、両親ともダラスに住んでいる」

「コディのことはまずご両親に伝えてね。お父さまはきっとあなたに言いたいことがあるだろうから」

「ぼくはずっと父の望みどおりに生きてきた。だから今回も、きっと父は協力してくれるはずだ」

「これまでずっとお父さまの言いつけを聞いてきたということ？」

「そうだよ。父は横暴な人間ではなかったし、ぼくの弁護士としての仕事にも政界進出にも力を貸してくれた。ここまで来られたのはすべて父のおかげだ。父には膨大な人脈があるからね」

　その膨大な人脈こそが心配なのよ、とクレアは思った。ミラン判事は有力者だ。直接会ったことはないが、ワシントンDCから遠く離れた街で仕事をし家族を支えているような、ニックの将来や幸福を最優先に考えてくれないような女と結婚すると知ったら失望するに違いない。

「父にはちゃんと話すよ。ぼくの家族のことは気にしなくていい」ニックが言った。「コディは両親の、今のところたった一人の孫なんだ。歓迎し、かわいがってくれるさ。本当にいい子だし、風貌もミラン家の遺伝子をしっかり受け継いでいるから、大喜び間違いなしだ」

「そして、あなたにコディを引き取れと言うわ」

ニックが足を止め、クレアをまっすぐ見つめて真摯に言った。「約束する、きみからコディを取り上げることは絶対にしない」

クレアはうなずきながらも、もしニックがワシントンDCへ行ってしまったらどうやってコディとの生活を分け合えるのだろう、と考えあぐねた。

やがて二人は居間で腰を下ろした。ニックがクレアの正面に椅子を引き寄せ、彼女の手を取った。

「クレア、コディのようないい子を息子に持ててぼくは本当に幸せだ。あの子の人生にぼくをかかわらせたことを、きみにも幸せに思ってもらいたいんだ。これまでずっと一人親だったのが、いきなり父親と分け合えと言われても簡単にいかないことはわかっている。これからもコディと会わせてもらえるなら、ゆっくり進めていくと約束するよ」

「ありがとう」ニックの言葉に嘘《うそ》はないだろうけれど、彼の家族はきっと早くコディを引き取れとプレッシャーをかけてくるだろう。そんなジレンマを感じつつ、一方ではニックに握られ、彼の膝の上に置かれた自分の手が気になってしかたがない。

「結婚はせずにコディの名字だけをミランに変えることもできるよ。それには反対かい？」

「考えてみるわ。すぐには返事はできない」クレアは手を引っ込め、飲み物を一口飲んだ。

「ぼくが何を提案しても、きみは〝考えてみるわ〟なんだな。今はいろんな可能性を探っているだけだよ。月曜日になったらコディのために信託基金と預金口座を開設する。できる限りあの子の人生にかかわっていきたいんだ。きみはこれまでしっかり育ててきたし、ぼくの助けなど必要ないだろうが、あの子にかかる費用はぼくにも負担させてくれ」

「わかったわ。これまでわたしが支払ってきたものまでさかのぼる必要はないけど、今後の子育て費用は分担しましょう」

「よかった」ニックがクレアの髪を指ですいた。「これからどうなっていくとしても、こうしてまたきみといられることがうれしいよ」

同じ言葉を返すことはできず、クレアはわずかにほほえみ返した。ニックは本当にそう思っているのだろうか。こうして近づけば近づくほど、また新たな壁が立ち現れてくるのに。

いよいよ、恐れていた部分に話がさしかかった。

「いずれ、コディがあなたと過ごす時間とわたしと過ごす時間について相談しなければならなくなると思うけど、それには弁護士などは交えず、二人だけで決めたいの」

「それでいいよ。ぼく自身が弁護士だから、もしあとで弁護士が必要になっても対応できるし。とにかく、きみとコディが幸せであってくれればいい」

「あの子、まだ泊まりがけで出かけたことがないの」不安に気持ちが揺れてしまう。

ニックが身を乗り出し、クレアの手にそっと手を重ねた。「クレア、ぼくはきみもコディも傷つけたくはない。ただ、息子の人生に自分もかかわり、あの子をもっと知りたいだけだ」

「これからのことを考えると怖くなるときがあるの。あの子が生まれてからずっとそばにいたから」

「ぼくのすることで気に入らないことがあったら、遠慮せず言ってくれ。改善できるよう努力するから。それでどうだい？」

クレアはうなずいて大きく息を吸った。やっと気持ちが落ち着いてくる。

ニックの視線が彼女の唇に落ち、はっと息をのむ。彼に見つめられ、触れられるたびにいやでも体が反応してしまう。ニックといるのは楽しいし、これまでのところ、コディのことに関して何も無理強いはされていない。でもいつかはそんな日も来るだろう。

「この週末は楽しかった」ニックが言った。いつもより声が低いのは、セックスのことを考えている証拠だ。「本当にありがとう、クレア」彼は身を乗り出し、クレアの椅子の肘掛けに両手をついて軽く唇を合わせた。ごく軽いキスだったが、唇が触れ合った瞬間、空気が変わった。

ニックがクレアの体に腕を回し、彼女の目を見つめた。彼の唇を見た瞬間、問題がややこしくなるだけだと知りながら、彼のキスがほしくなる。ほんの一瞬唇が触れ合っただけで欲望がかき立てられ、彼とのつながりを得たくてキスを求めてしまう。

「クレア」ニックが彼女の髪に指をからめてその体を膝に抱き上げ、熱く情熱的に唇をむさぼった。強く抱き寄せられて、クレアも彼の肩に腕を回しキスに応えた。彼を求める気持ちが抑えられない。二人の間に横たわる問題など消え去って、再び情熱に身をまかせ、彼と愛を交わしたい。

思考が停止し、熱い欲望に身を震わせながら、クレアはニックにしがみついた。彼に消えてほしいと思いながら、もう二度と離れたくもない。

やがて、目もくらむような欲望の中から理性の声が聞こえてきて、クレアははっとわれに返った。こんなキスをしていては問題がさらに大きくなるだけだ。また彼と恋に落ちれば必ずまた傷つく。ニックはこれからも変わらないし、政界への野望を捨てることもない――たとえわたしやコディのためでも。

そう思い至り、クレアは体を離して立ち上がった。彼
「こんなことをしても何も解決しないわ」

振り返ると、ニックがショックを受けた表情で彼

女を見ていた。わたしとのキスで心が動いたのだろうか。いいえ、そんなはずはないわ。

ニックは政治家だ。相手から言葉巧みに望むものを手に入れるのはお手の物だ。彼はわたしの友情と信頼を勝ち取ろうとしている。でもそのあとには、思い出したくもない傷心が待っているだけだ。

「いや、むしろこれですべてが解決するんじゃないかな」ニックがぶっきらぼうに言い、両膝に肘をついて身を起こした。

「わたしは職場も家もこの町にある。あなたの仕事やキャリアはダラスとオースティン、そしていずれはワシントンＤＣにある。それは今も変わらないし、二人が結婚してもその問題は消えないわ。これ以上親密になれば、四年前と同じようにお互いの生活が乱されるだけよ」

ニックが立ち上がり、クレアに歩み寄った。「キスはダンスのようなものだ。官能を刺激し、とても楽しい。それで傷つくことなどないさ」

「だったら今夜はもう終わりにしましょう」

「わかった」ニックが答え、二人は並んで階段を上るとクレアの部屋の前で足を止めた。

「明日の朝は教会に行くわ」すぐにこの場から離れなければと思いつつ、クレアはニックの青い瞳を見つめて言った。「ニックを置いていっていいかしら？　朝食は用意しておくから」

「いいとも、ぼくが見ている。おやすみ、クレア」

「おやすみなさい、ニック」

クレアはドアを閉め、額をさすった。今日はいろいろなことがありすぎた。状況も忘れて楽しんだ瞬間も、ニックの腕に抱かれて別れていた時間も消え去り、欲望をかき立てられた時間もあった。

けれどもコイン投げのように、一瞬にして表裏がひっくり返ることもある。妊娠に気づくと同時にニックの婚約を知った四年前も、そして何よりニックとけんか別れしたときも、最悪の気分だった。今後コディとの時間を彼と分け合わなければならなくなることを考えると心が沈む。

クレアは機械的に手を動かして寝支度をしながら、心の中ではずっとニックのことを考えていた。心をしっかり保たなければ、彼に幸せを脅かされる。

でも……ドアに目をやり、廊下の向かい側にいるニックのことを考える。思い出したくないのに、ベッドに大の字に横たわる彼のたくましい体がまざまざと思い浮かび、頭から追い払えない。

彼と離れてはいられない。彼のそばにいることもできない。わたしはどうすればいいの？　決断のときが近づきつつある。

ここで間違えたら、将来の幸せがぶち壊しになってしまう。

7

日曜日の朝、キッチンに入ってくるニックの足音がした。濃い茶色のニットシャツにチノパン、行く先々の空気を支配する存在感は今も健在だ。

「おはよう、クレア。おはよう、コディ」

青いパジャマ姿で朝食をとっていたコディが笑顔で応えた。ニックがプレゼントしたぬいぐるみとスプリング仕掛けのサルがそばの椅子に置いてある。

「この子たちに名前をつけたかい？」ぬいぐるみを抱き上げてニックがたずねた。

「モンスターとミスター・モンキー」コディが答えた。

「いい名前だ」

　ニックの笑顔が見られてクレアはうれしかった。わたしの息子――いいえ、わたしたちの息子と、こんなに早く打ち解けるなんて。

　時計で時刻を確認する。「ニック、そろそろ出かけるわ。何か質問があればコディが答えてくれるわ。わたしに連絡を取りたいときは携帯にかけて」クレアはそう言い、コディの額にキスをした。「パパと仲良くしてね。教会が終わったら帰ってくるから」

「はーい、ママ」コディがオートミールをまた一口食べた。

「きみを玄関まで送る間、コディを一人にしても大丈夫かな？」ニックがたずねた。

「大丈夫よ。わたしは裏口から出るけど」

　ニックがクレアと並んで歩き出す。「ぼくたちのことは心配しなくて大丈夫だ」

「わかっているわ。あなたはなんでもできる賢いパパだし、コディも賢い子だから。それじゃ、教会が終わったら帰ってくるわ」

「いってらっしゃいのキスをしてもいいかな」ニックの目には笑みが浮かび、からかわれていることにクレアは気づいた。

「やめておいたほうがいいわ」そう言ってクレアは家を出た。

　ニックは午後までいて、三人でゲームをして遊んだ。三人で過ごす時間が楽しすぎて、ようやく帰り支度をし、リムジンに荷物を積んだときには午後五時になっていた。ニックがコディを抱き上げた。

「いい子だ、コディ。大好きだよ」

「ぼくもだいすき、パパ」

　コディのその言葉を聞いたニックの顔に浮かんだ表情を目にして、クレアの胸は締めつけられた。わたしたちがどんな結論を出そうが、それはコディが幸せになるものでなければならない。

ニックがこちらをちらりと見て目を伏せた。彼の目に涙が光っているのを見た瞬間、息子を愛する親同士の絆《きずな》が生まれたような気がした。

　やがてニックがクレアに向き直った。「この週末は本当に楽しかった。ありがとう。きみたちがダラスに来るのが今から待ち遠しいよ」

「じゃあ、火曜日にね」もし四年前に別れたあとも連絡を取り合っていたら、婚約することを彼が知らせてくれていたら、わたしも妊娠のことを彼に伝えていただろう。これまで何度も抱いてきた怒りがまたわき上がり、クレアはニックから離れた。別れのキスなどしたくない。こうして交流が再開した今、ニックは惜しげもなく魅力を振りまいてくるが、彼がわたしをあっさり捨ててすぐに別の女性と婚約し、それを知らせてすらこなかったという事実を忘れてはいけない。やはりコディのことは知らせなければよかったという後悔がよぎる。

　そんな思いをクレアは追い払おうと努めた。ニックはまだ見ぬ赤ちゃんを失い、苦しんできた。そんな話を聞けばコディのことを伝えずにはいられなかった。ニックならきっとすばらしい父親になる。コディからも父親を知る権利を奪うことはできない。ミラン家がコディを取り上げようとしない限り、二人で協力してやっていけるはずだ。どうか、ニックのお父さまが口を出してきませんように。それと同時に、自分の心もしっかり保てますように。そのためには、ニックの腕から……そしてベッドからは離れておくことだ。

　リムジンに乗り込んだニックは、家の前に立つ二人を見つめた。クレアはコディを片腕に抱き、もう片方の手で風になびく髪をなでつけている。

　コディが手を振り、ニックも振り返した。〝ぼくもだいすき、パパ〟そんな素直な言葉に胸が熱くなる。あの瞬間を一生忘れるまい。小さな体、首に回された細い腕。息子がたまらなくいとおしい。

　息子の言葉は何よりの贈り物だ。クレアとの間に何も問題がなければいいのに、と思う。二人ともコディを愛している。クレアはぼくにすばらしい息子を授けてくれた。ふと自分の将来に疑問が生じた。政治家としてのキャリアは、クレアの愛を失い、愛情あふれた家庭の夫となるチャンスを逃してまで手に入れるべきものなのだろうか？

　よけいなことを考えるな、とかぶりを振る。クレアと再会してともに過ごし、彼女への欲望が再燃したせいで思考が混乱しているのだ。

　クレアとよりを戻すために、将来の計画をすべて投げうつつもりか？　また傷ついてもいいのか？　二人の間の問題は前以上に大きく、解決策が見つかる可能性はさらに低いというのに。

　コディの存在で、すべてが変わってしまった。まさか、これほどあの子がいとおしくなるとは。あんないい子に育ったのはクレアと彼女の家族のおかげだ。また感謝がこみ上げ、帰宅したらクレアに花を贈ろうとニックは心に刻んだ。

　コディを牧場へ連れていく火曜日が待ちきれない。だがその前に、帰宅したら家族に話さなければ。まず両親に、それからきょうだいに。亡きカレンの家族にもいつかは伝えなければなるまい。亡き娘と結婚したほんの数カ月後にニックに息子が生まれていたと知れば、カレンの両親はあまりいい顔をしないだろうが。

　ダラスに戻ったらちょっと寄る、と父にメールを送ると、できるだけ早く来るように、とすぐに返信が来た。大ボスとの対決は早いほうがいい。

　書斎に入ったニックは母とハグで挨拶し、父と握手した。飼っている小型犬が足もとにじゃれつく中、天気やバスケットボールの試合などの世間話をする。

やがて父が言った。「イヴリン、ちょっとニックと話があるんだ。法律のことで」

「退屈な話は遠慮しておくわ。ピーター、終わったら呼んでちょうだい」そう言ってほほえみ、書斎から出ていく母を犬も追いかけていった。

書斎のドアが閉まり、二人きりになると、ニックは父に向き直った。「父さんの話が終わったら、ぼくも話したいことがある」

「わたしの話などないよ。母さんに出ていってもらうための口実だ。何か理由があって来たんだろう」

「父さんにはお見通しだな」そう答えながらニックの心は重くなった。父とは基本的にものの考え方が違うことが多い。これから打ち明けることもその最たるものになるだろう。

立ち上がって暖炉に歩み寄り、父に向き直る。

「父さん、覚えているかい、カレンと婚約する前、ぼくがヒューストンのクレア・プレンティスにプロポーズして断られたことを」

「覚えているとも。彼女のお祖父《じい》さんはヒューストンで不動産会社を経営し、大きな物件も数多く扱っておられた。クレアもその仕事を手伝っていたな」

「そうだ」ニックの心はますます重くなった。どう話を切り出せばいいのか。言えば必ずもめるだろう。だが、コディを一目見れば、きっと受け入れてくれるに違いない。ニックは大きく息を吸って続けた。

「話は飛ぶが、先週あるクライアントに、不動産契約に同席してほしいと頼まれたんだ。先方の売主は入院中で出席できないため、不動産仲買人を代理人に指名してきた。それがなんと、クレアだったんだ。今はお祖父さんの会社を引き継いで経営者になっている」

「彼女とまたつき合い始めたとわざわざ言いに来たんじゃないだろうな」

「ああ。クレアはぼくがカレンと赤ん坊を亡くしたことを知らなかった」父は真剣に耳を傾けている。「ぼくとクレアが別れた原因は、二人の人生がうまく折り合えなかったからだ。彼女には家族を支える責任があり、ぼくは新たなキャリアを築き始めたばかりだった。そのあとぼくはカレンとつき合い始め、父さんと母さんは彼女との結婚を勧めた」

「それでよかったと今も思っているよ。まさか飲酒運転の犠牲になるとは思わなかったが」

「ぼくは婚約したことをクレアに伝えなかったが、彼女の耳には入っていた」

父が肩をすくめた。「まあ、地元の雑誌や新聞に記事が載ったからな」

「実は、父さんと母さんに買ってきたものがあるんだ。取ってくるよ」

「ニック、話を続けなさい。贈り物などいいから」

「いや、ぜひ見てもらいたいんだ」ニックはブリーフケースから二台のタブレットを取り出してテーブルに置いた。コディの写真を見たとたん自分の怒りは消え去った。きっと父にも同じ効果があるはずだ。「このタブレットは父さんのだ。だが今はまず、ぼくのタブレットで見せるよ」ニックは父のそばに椅子を寄せて座り、父の目を見つめて言った。「心の準備はいいかい？」

「なんだ、気になるな」父が眼鏡を押し上げた。

ニックはタブレットを父に手渡した。「父さん、この子はコディ・ニコラス・プレンティス。ぼくがカレンと結婚したとき、クレアのおなかにはぼくの息子がいたんだ」

「なんだって」父の表情が一瞬固まり、その顔が青ざめた。「おまえはクレアを妊娠させておいてカレンと婚約したというのか？　クレアは妊娠をおまえに知らせなかったのか？」

「ああ。そしてぼくも、別の女性と結婚する予定だとクレアに知らせなかった」ニックは答えた。

父は手の中のタブレットをまじまじと見つめ、感に堪えたように言った。「ニック、この子はおまえそっくりだ。間違いなくおまえの子だよ」

ニックはほっと息をついた。どうやらコディは父にも受け入れられたようだ。

父がニックを見た。「クレアと結婚するのか？」

ニックはかぶりを振った。「ぼくも先週知ったばかりで、この週末ヒューストンへ行ってクレアとコディと過ごしてきた。うちの家族もみんなあの子が大好きになるよ。賢くて快活で、本当にいい子なんだ。今三歳で、同じ年頃のぼくにそっくりだ。ミラン家の血を引いていることは間違いない」

父はほとんど顔も上げず、コディの写真に見入っている。

「写真はもっとあるよ」ニックは画面をスワイプし、カメラに向かって笑っているコディの写真を見せた。

「ニック、母さんに話すときは驚かせないようにな。だが母さんはきっと、すぐにでも会いたいと言い出すだろう」父が顔を上げた。「この子はわたしたちの初めての孫だ。ミラン家の孫なんだ」

ニックはほっとすると同時に、これから両親はコディをミラン家に迎え入れようと動き始めるだろうと覚悟した。書斎を見回して思い出す。まさにこの部屋で父は、カレンと結婚しろ、クレアのことは忘れろとぼくに迫ったのだ。コディが大人になってもぼくは絶対に父のように干渉はするまい、とニックは心ひそかに誓った。

「今週クレアとコディをダラスに招待した。火曜日に二人が来たら牧場へ連れていくつもりだ。そのうちの一晩、うちの家族も呼んでコディに会ってもらおうと思っている」

「クレアと結婚しろ、ニック。早いほうがいい」

「今の時点では彼女はぼくと結婚する気はない。お祖父さんの体調が悪く、お母さんも亡くなってお祖《ば》母《あ》さんも高齢だ。不動産会社も彼女にまかされ、経営は順調でさらに事業を拡大しているから、ヒューストンを離れるつもりはない。高級住宅街に大きな屋敷も建て、コディとお祖母さんと一緒に住んでいる。お祖父さんは今は療養施設にいるが、いずれは在宅でみるつもりらしい。デートする時間もなかったから恋人もいないと言っていた。それはそうだろうと思う」言葉が口からどんどん出てくる。とにかく、言うべきことはすべて伝えておかなければと思った。

その声が耳に届いていたのかどうか、父は写真を見続けている。だが、父は同時に二つのことをしていても周囲の会話を一言も聞きもらさない。

ようやく父が顔を上げた。「母さんを呼んできなさい。この写真を見せながら話をするといい。そうだ、この写真を何枚かプリントしてくれないか、手もとに置いておけるように」

「そこに入っている写真は全部父さんたちのタブレットにも入れておいたから、いつでも見られるよ」

「それはいい。ありがとう、ニック」父はまたコディの写真に目を落とし、感動の面持ちで言った。「初孫か。三歳——ああ、知ってさえいればな」

「知らせてもらえなかった理由は説明しただろう」ニックはたまりかねて言ったが、父は顔も上げずに片手を振った。

「母さんを呼んできなさい。きっと大喜びするだろう。ニック、わたしたちはクレアに会ったことすらないんだな」

会おうとすらしなかったのは父さんたちだろう、という言葉をニックはのみ込んだ。「そうだね。でも今週会えるよ。母さんを呼んでくる」

当惑顔で戻ってきた母を、父は手招きして隣に座らせ、その手を取った。「ニックからすばらしい知らせがある。驚くような知らせだ」

ニックは父にしたのと同じ説明を母にもした。

「あなた、婚外子をつくっていたの！」ショックを受けた様子の母だったが、ニックが答える間もなく表情をやわらげた。「わたしたちの孫なのね」タブレットを見た母が言った。「ニック、これはあなたの写真じゃないの」

「いいや、それはぼくの息子だ。母親はクレアだ。名前はコディ・ニコラス」

「あなたの名前をつけてくれたのね」写真に見入ったまま母が言った。「間違いなくあなたの子だわ。この子に今週会えるの？」その声は期待に満ちている。「わたしはお祖母ちゃんになったのね。ああ、ニック、本当にうれしいわ」

「ぼくもうれしいよ、母さん」

一時間後、家族が全員集まれる日を選んで夕食会を計画すると伝え、母の頬にキスをして帰ろうとすると、父が立ち上がった。「車まで送ろう」

ニックは驚かなかった。父は何か話したいことがあるに違いない。

家を出るやいなや、父が咳払《せきばら》いをして言った。

「ニック、クレアに求婚することを考えてみなさい。いくら彼女の仕事が順調でゆとりのある生活をしていると言っても、われわれ一族ほどではあるまい。どんな女性でも納得するだけの金を渡し、コディのために信託基金を設定し、ミランという名を与えるんだ。さすがに断ることはできないはずだ」

「父さん、ぼくは過去にクレアをひどく傷つけた。もうあんな失敗はしたくない。そもそも四年前にやるべきことをやっていれば、コディの存在も最初から知っていたはずだ。だが、それも過去の話だ。ぼくはクレアに結婚を強いるつもりはないよ」

「強いるわけじゃない。彼女の人生が変わる大きなプレゼントだ。ニック、よく考えなさい。おまえには政界進出という大きな野望がある。支えてくれる支援者たちも数多い。せっかくのチャンスを棒に振るな。あの子はミラン家の血を引く、わたしたちの孫だ。母さんもわたしも本当に喜んでいるんだ」

「それはうれしいよ。実際に会えばもっと好きになるはずだ。本当にかわいい子だから」

「ニック、クレアと結婚さえすれば、コディに関するゴシップもすべて消える。よく考えるんだ」父はいつもどおり有無を言わさぬ表情だ。

「わかった。家に帰ったらきょうだいたちに連絡して、カレンのご両親にも伝えるつもりだ。母さんはもうマディソンに電話しているかもしれないが」

「母さんはわたしともう一度話すまでは誰にも言わないさ」ニックの車の前で足を止めると、父は息子を見上げた。「わたしが言ったことをよく考えるんだ。結婚し、子どももいるとなれば、政界での印象もよくなるはずだ」

ニックは車に乗り込んだ。「おやすみ、父さん。また連絡する」

「タブレットをありがとう。今夜はうれしかった。孫ができるなんて、すばらしいよ。コディとクレアに会えるのを楽しみにしている」

ニックはうなずきながら、胸が痛むのを感じた。かつてクレアを切り捨てて人生を変えたあげく、カレンと赤ん坊を失った。そして今、事態はますますややこしくなっている。

ダラスの自宅へ戻ると、まず兄のワイアットに、それからマディソンとトニーにも電話し、コディのことを話して写真を送った。

カレンの両親にも話しておくべきだと、彼女の父親に電話で手短に伝えた。さいわい彼女の父親は、ニックに子どもができたことを喜んでくれた。ご両親の絶望もやわらぎつつあるようだ。

最後に、クレアに電話した。ちょうど寝かしつけの時間で、コディとも少しだけ話ができた。わが子の声を聞いただけで涙がこみ上げてくる。もう会いたくてたまらない。火曜日が待ち遠しい。クレアはコディを寝かせたら電話すると言ってくれた。

彼女は何を考えているのだろう。すべてを内に秘め、ニックとの間に壁を築いてしまっている。その意図はわかるし、自分もそうするべきだとは思う。

ぼくがこれまで目指してきた政界進出は、クレアの愛情とコディをわがものとする人生より本当にいいものだろうか？

この週末の間に、政界というものが少し色あせて見えるようになった。政治の世界を捨てるなど、これまで考えたこともなかったし、人生をがらりと変え、牧場を手放してヒューストンへ移ることも想像できない。そんなことをしても幸せにはなれまいと思いながらも、これまでの人生で一番幸せだったこの週末の思い出もよみがえってくる。父親になることで生活は、そしてクレアへの思いは、どれほど変わるのだろうか？

ニックはタブレットを出し、改めてコディの写真をすべて見た。きょうだいたちからはすでにメールが届いている。おめでとう、コディはニックにそっくりだ、ミラン家の血筋だ、食事会でクレアとコディに会えるのを楽しみにしている、と。

みんなの予定を合わせ、土曜日の夜にダラスのニックの家で集まることになった。今から楽しみだ。

火曜日、ニックはクレアとコディを迎えに空港へ行った。この二年間、ほとんど休暇は取ったことがなかったし、オフィスの人間もいつでもニックに連絡が取れることに慣れている。だが今週はその習慣を変えることになる。人生の大きな転機だ。

二人に早く会いたくて、昨夜は眠れなかった。これまでの人生も決して空虚なものではなかったが、着陸する飛行機を見ていると、感じたことのない興奮に胸が高鳴った。

飛行機から二人が姿を現した瞬間、鼓動が止まった。襟と袖口に毛皮のついた膝丈の黒のコート、黒のパンツ、黒のハイヒール姿のクレアはファッションモデルのように美しい。コディは飛び跳ねるような足取りでタラップを下りてくる。鮮やかな青のパーカーとカーキ色のズボン、片腕にこの間プレゼントしたトラを、もう片方の腕にサルを抱えている。

ニックは駐機場まで二人を迎えに行き、コディを抱き上げてほほえみかけた。「よく来たね」

コディも笑い返し、細い腕をニックの肩に回した。

「二人が来るのを指折り数えて待っていたよ」

「コディもよ。飛行機にもリムジンと同じくらい大喜びして」クレアがニックにほほえみかけた。「コディは飛行機に乗るのも初めてだったの、わたしたち、あまり旅行をしないから。不動産業者の宿命というか、地元にいたほうが商売に有利なの」

「そうだろうな。きれいだよ、クレア」

「ありがとう。あなたが電話でご一緒にと誘ってくれたこと、祖母も改めてお礼を言っていたわ」

「ぜひお祖母さんにもうちの家族と会ってもらいたかったんだが」

「お父さまは受け入れてくださったのね」

ニックは笑ってうなずいた。「きみにならって、コディの写真を見せながら話をしたんだ。自分たちに孫がいたという話を両親ともとても喜んでいたよ。コディが同じ年頃のぼくとそっくりだと大騒ぎだった。両親のあんな姿はめったに見られない。きみに会えるのも楽しみにしているよ」

クレアはうなずいたが、その目は笑っていなかった。彼女の不安をやわらげる方法が何かあればいいのだが。

「両親は早くコディに会いたがっている。もしよければ、これからちょっとだけ両親の家に寄りたいんだが。長居はしないよ」

「かまわないわ。あなたのご家族にコディを会わせるために来たんだし、この子のお祖父さまとお祖母さまなんだから」

「ありがとう」本心はどうだろうかと思いつつ、ニックは続けた。「みんなコディがぼくにそっくりだと言っているよ。そう言われるとぼくもうれしい」

三人でリムジンに乗り込むと、コディは前回と同様車の内部に興味津々の様子だった。

両親の家に到着すると、コート姿で玄関ポーチで待っていたニックの両親が三人を出迎えた。

「クレア、ぼくの両親のピーター・ミラン判事とイヴリン・ミランだ。母さん、父さん、クレア・プレンティスと、ぼくたちの息子で母さんたちの孫のコディ・ニコラス・プレンティスだよ」

コディがはにかみながらこんにちはと挨拶し、父と握手した。父は感心しているに違いない。

母がクレアをハグした。「本当にすばらしい瞬間だわ」そう言って涙をぬぐっている。クレアはどう感じているのだろう。いつものように冷静なその表情からは、心のうちは読み取れない。

「コディがこちらのご家族とお会いできてよかったです」クレアが言った。

「本当に、子どものころのニックにそっくり」母が言った。

「ミラン家へようこそ。歓迎するよ」父がクレアに手を差し伸べた。

「ありがとうございます、ミラン判事。歓迎していただきたいのはコディですが」クレアはほほえみながらも、相変わらず冷静にバリケートを築いている。

父は気づく様子もなく、軽い調子で続ける。「本当にうれしいよ。なんていい子だ。お行儀もよくて、まだ三歳とは思えない」

「いつも大人といるので」クレアが答えた。

「さあ、入って。きみはお祖父さんの会社を引き継いで大きくされたそうだね」父が言った。

もしコディがクレアにそっくりでミラン家の面影もなく、もっとやんちゃな子だったとしても、両親はきっと喜んで受け入れただろう。初孫ができたことがうれしくてたまらないのだ。カレンが亡くなったとき、母が悲嘆に暮れていたのは、今思えば、まだ見ぬ孫を失ったせいでもあったのだろう。

両親がみんなを居間へ案内し、父はクレアの隣に座った。なんとしても彼女に気に入られるつもりだ。

「コディ、あなたにプレゼントがあるのよ」母はそう言うと、椅子の脇から赤いリボンをかけた大きな箱を取り出した。

目を輝かせたコディが、まずクレアをちらりと見た。クレアがうなずくと、コディは箱に近づいて包みを開けた。

「ママ、見て」中に入っていたのはマジックのセットだった。コディは黒いシルクハットを取り出してかぶり、祖母に笑いかけた。「どうもありがとう」

「どういたしまして、コディ」

コディは祖父にも向き直った。「ありがとう」

「コディ、おいで」父が言った。コディが近づくと、父は身を乗り出してじっと見つめた。「これからわたしたちをなんと呼ぶか考えて、ママとパパと相談してごらん。わたしたちはきみのお祖父さんとお祖母さんだから、呼び方を決めないと」

「はい」コディがニックを見た。

「あとで相談しよう、コディ。ほら、こっちに来てマジックの箱を見てごらん」ニックが言った。

箱に駆け戻ったコディは中からケープを取り出して肩にかけた。

母が拍手した。「上手よ、コディ。本物のマジシャンみたい。魔法の杖《つえ》もいるわね」

一時間ほど両親の家で過ごしたあと、ニックはそろそろ帰るから道具を片づけてとコディに言った。

走り出す車に向かって両親が手を振り、クレアとコディも手を振り返した。「お二人とも、うちの家族に負けないほどコディに夢中ね」クレアが言った。

「ああ、想像していた以上だよ。今後の話し合いがどうなろうと、きみもコディももうわが家の一員だ。ミラン家のみんなを好きになってもらいたいな」

「マディソンには会ったことがあるけど、トニーとワイアットは今回初めてね」

「ワイアットは誰にも好かれる男だ。物静かだが、結婚して少し明るくなった。トニーのこともきっと気に入るよ。みんな早くコディに会いたがっている。両親もすっかりコディがお気に入りだ。母はコディがどんな子でも大好きになったと思うが、父はコディの賢さに感心したようだ。顔を見ればわかる」

「マジックのセットはコディも気に入ったようね。使い方はあなたが教えてやって」

「クレア、本当に待ち遠しかったよ。来てくれてありがとう。まずぼくの家で昼食をとり、それから飛行機でヴェリティへ行こう。ヴェリティにいる間に、コディのカウボーイ用の服も買おう。ブーツはまだ持っていないよね？」

「ええ、きっと大喜びするわ。子どもが喜ぶことをよくわかっているのね」

「コディのママが喜ぶこともしたいと思っているよ」ニックは返した。

「もうじゅうぶんやってくれているわ」そう答えるクレアの声は硬く、そんなことは望んでいないと言いたげだ。まだぼくに怒っているのか、それとも、再び恋に落ちないよう距離をおこうとしているのか。彼女の本心が読み取れない。

到着すると、ニックは二人にわが家を案内した。彼の家はクレアの家よりわずかに大きく、高い木々が茂る敷地の奥まった部分にある。家の正面には噴水と広々としたパティオがあり、裏手には柵で仕切られプールがある。「プールには警報装置をつけたし、柵も設置した。プールに何かが落ちたらアラームが作動する。ぼくたちの気づかないうちにコディがプールに落ちる心配はないよ」

高い鉄柵で囲まれたプールを見つめ、クレアがニックに向き直った。「ありがとう、ニック。これで心配が一つなくなったわ」

「ぼくがついている限り、コディのことは心配無用だ」ニックはそう答えてコディを見た。三人はパティオの見える居間にいて、コディはマジックの箱をかき回している。「今週はぼくたちも牧場へ行くから、使用人には金曜日まで休みを取らせた。料理人と清掃担当の主任は一足先に牧場へ行っているが、今日の昼食はここに用意してくれているはずだ。それを食べ終えたら、飛行機でヴェリティへ行こう」

キッチンに入ると、クレアが足を止めた。「ニック、子ども用椅子をいつ買ったの？」

「秘書に電話して用意させた。これでいいかな？」

「もちろん。ありがとう」クレアがほほえみ、ニックは思わず彼女に身を寄せた。

「そうやって笑みを見せてくれるなら、用意したかいがあったよ。きみにとってもこの滞在をいいものにしたいと思っている」

クレアが笑みを消し、ニックをまっすぐ見つめた。

「わたしも協力するつもりよ。いろいろと解決しなければいけない問題はあるけれど、これまであなたはよくやってくれているし、感謝しているわ」

ニックはクレアを軽くハグした。今の言葉は本心だと示し、彼女を傷つけることのないよう、安心させるつもりだった。だが、彼女を抱き寄せた瞬間、その柔らかい体の感触が、ほのかではあるが魅力的なコロンの香りがいっきに迫ってきて、思いがけないほどの欲望に体の芯が震えた。その場に立ったまま、しっかりしろと自分に言い聞かせる。彼女と触れ合い、楽しく戯れ合った日々は過去のことだ。今はただ、クレアを安心させ、友人として接することが肝心だ。だからキスはなしだ。

ニックは体を離した。「はらぺこ坊やが来る前に昼食の用意をしよう」

「あのマジックのセットがあれば、あと一時間は食事のことなど思い出さないわ。あの子、楽しいことがあると食事は後回しだから」

クレアを抱き、キスしたいと意識してから、そばで動き回る彼女をいやというほど意識してしまう。皿を渡す指と指が触れ合う。今週はいろいろな意味ですばらしい時間になるだろうが、それと同時に張りつめたものともなるだろう。クレアの魅力に抗《あらが》い、この心を守らなければ。だが、ずっと彼女のそばにいてそんなことができるのだろうか。

8

クレアは飛行機の窓から、ゆるやかな起伏を描く眼下の大地を見下ろした。ところどころ冬枯れし、またくすんだ緑を残すメスキートの木々が、メキシコ湾からテキサスを吹き渡る南風に枝をしならせている。ヒューストンとはまったく違う風景だ。

振り返ると、ニックはコディと額をつき合わせてマジックの説明書を読んでいる。コディは色鮮やかなスカーフを結び合わせたものをシルクハットに詰め込もうとしている。ニックの両親があれほどコディを気に入り、祖父母になることを喜んでくれるとは思いもしなかった。

ミラン判事がニックとの結婚を強く望んでいるこ

とも明らかだ。今となってはこのわたしをニックの妻として申し分ないと見ているに違いない。二人が結婚すればコディの出生に関するスキャンダルを避け、ニックの政界進出を助けることにもなる。すぐにでもわたしを説得にかかろうとするだろう。

　だが何より心配なのは、自分の体がニックに反応してしまうことだ。さっきも軽くハグされただけで、胸が高鳴り、息が止まりかけた。誘惑に負けても問題がややこしくなるだけだとわかっているのに、ニックと過ごす時間が長くなるにつれ、欲望から身を守ることが難しくなってきている。

　話には聞いていたヴェリティの町を窓から見下ろす。四年前牧場へ連れていったもらったときは、この町には停《と》まらず通過しただけだった。家族所有の牧場で二人きりで過ごした数日、あれほどくつろいだニックを見たのは初めてだった。

　ヴェリティの中心部では街灯に電飾やリースが飾られ、町全体がクリスマスの装いだ。空港からニックの車で保安官事務所まで行き、三人は中に入った。ロビーには小さなクリスマスツリーが飾られ、灯《あか》りがついている。

　待っていると、保安官が出てきた。青い瞳と茶色の髪はニックやコディと同じで、この人が兄のワイアットだとクレアは気づいた。風貌はニックに比べてかなり無骨な感じだが、笑顔はやはり魅力的だ。

「会えてうれしいよ、クレア。きみの話も、そしてコディの話も聞いている。いやあ、ぼくが伯父さんか」ワイアットがコディに向き直って握手した。コディは保安官の制服に目を奪われている。

「コディ、ワイアットおじさんだ。保安官なんだよ」ニックが紹介した。

「コディ、事務所の中を見てみるかい？　牢屋《ろうや》を見てみないか？」ワイアットが誘った。

　コディがうなずいた。こんなにははにかんでいるのは珍しい、とクレアはほほえんだ。ニックがコディの手を取った。「よし、牢屋を見に行くぞ」

「とっても楽しそうだけど、見学ツアーは男性陣にまかせて、わたしは買い物に行ってくるわ。ニック、携帯は持っているから何かあったら電話して。ワイアット、ジーンズを買うのにいい店はある？」

「〈ザ・プラザ〉かな。女性用ジーンズはよくわからないが」ワイアットはデスクで仕事中の部下に声をかけた。「ドワイト、どうだ？」

「〈ザ・プラザ〉はいいですよ。あと、〈ドロシーズ〉も」

ワイアットがほほえんだ。「ドワイトに道を教えてもらってくれ。買い物が終わったら、通りの向かいの、ホテルの隣にあるドラッグストアで待ち合わせよう。コディにソーダを飲ませてもいいかい？」

「大丈夫よ。ほしいかどうかきいてやって」

事務所を出ると、背後でコディが〝ほしいです〟と言っているのが聞こえた。

ジーンズの試着をしながら、ここにいる間はこれをはくんだわと気づき、それに合うシャツも買った。

一時間ちょっとで買い物を終え、ドラッグストアに入ると、三人が円テーブルで、昔ながらのアイスクリームパーラーの椅子に座っていた。広い店内の中央にはだるまストーブがあかあかと燃え、窓際にはクリスマスツリーが飾られている。三人に歩み寄ると、ワイアットとニックが立ち上がった。

「いいから座っていて。みんなソーダを飲んでいるようね」

ニックが笑った。「ここのソーダは西部で一番だ。きみもどうだい？」

「ありがとう、でも遠慮しておくわ。コディ、本当に西部で一番おいしい？」

「うん、ママ」コディが唇をなめ、みんなが笑った。

「ママ、ワイアットおじさんがバッジをくれたの」

コディが座ったまま体をこちらに向けた。見ると、ワイアットの保安官バッジとよく似た金色の星のバッジがついていて、〈ヴェリティ保安官見習〉と書いてある。

「すごいわね。ちゃんとお礼を言った？」

「言ったよ」コディがにっこりワイアットに笑ってみせた。

クレアもワイアットにほほえみかけた。「ワイアットおじさんはもうコディの親戚お気に入りリストに載ったわね」

「だといいが」ワイアットがほほえみ返した。

「パパがブーツと帽子も買ってくれたよ」

「ブーツに保安官バッジ、もう完璧ね」コディにとってこの旅は最高に楽しいものになるだろう。ただ楽しいからという単純な理由だとしても、わたしはこの子にもニックと結婚するようプレッシャーをかけられるのだろうか。


店で三十分ほど座って話したあと、ニックが立ち上がった。「さて、そろそろ牧場へ向かおうか」ニックとクレアとコディはヴェリティから西へ車を走らせた。やがて大きな牧場の私道に入ると、クレアは彼の人生に改めて思いをはせた。「ここに泊まったりすることはあるの？」

「いや、あまり。今は時間もないしね。だがいつか、仕事を早めに引退してここで暮らしたいと思っている。牧場が大好きだし、牧場経営はうちの一族から切り離せないものだからね。弟のトニーもそうだし、ワイアットも、今の任期を終えたら自分の牧場に戻ると言っている。うちの家族はみんなカウボーイ生活を愛しているんだ」

「だったら、もっと時間を作って来られるはずよ。そんな時間も取れないのに、どうやってコディとの時間を人生に組み込むつもり？」クレアはたずねた。

多忙なスケジュールの中で、彼は本当にコディとともに過ごしたいと思っているのだろうか。

　ニックがはっとした顔でクレアを見た。「コディとの時間は最優先だよ」硬く静かな声だ。政治家としてのキャリアが家族との時間をどれほど奪うものか、改めて痛感しているのだろうか。

　クレアはニックの横顔を見つめた。がっしりしたあご、高い頬骨、濃く豊かなまつげ。ミラン一族の男性の中で、いや、これまで出会った男性すべての中で一番ハンサムだ。それとも、ひいき目なのだろうか。自分でもよくわからない。

　車の中は暖かく、クレアはコートの前を開けて、ニックにもらったネックレスに触れてみた。「本当にきれいだわ。改めて、ありがとう」

「コディを産んでくれた感謝のしるしだよ」

「感謝のしるしどころじゃないわ。大きなダイヤが二十四個もついているのよ」クレアは答えた。ニックがこれをプレゼントしてくれたのは、単なる感謝か、それとも罪悪感からだろうか。

「ささやかなぼくの気持ちだよ。さあ、着いた」ニックが大きなランチハウスの裏手に車を停めた。それぞれ自分の荷物を運び込み、コディもおもちゃを運んだ。「おいで、きみたちの部屋に案内するよ。残りの荷物はぼくが運ぶから」ニックが言った。

　広々としたキッチンにはステンレスの最新型設備が設置されていた。淡い黄色の壁の片側には黒っぽい果樹材の飾り戸棚と、芝生の見える床から天井までの大きな窓、もう片側にはパティオがついている。シンクの前に立っていた白髪の長身の男性が振り向いて三人にほほえみかけた。

　ニックが紹介した。「クレア、料理人のダグラス・ジローだ。長年にわたってうちで働いてくれている。ふだんはダグラスの家にいるが、今週はこっちに来てくれたんだ。奥さんのゼルダは清掃担当の主任だ。ダグラス、こちらがミス・プレンティスと息子のコディだ」

「牧場へようこそ。楽しい滞在になりますように」

ダグラスが言った。

「何かうまそうな匂いがするな」ニックが言った。

「これはキャセロール、冷凍しておく分です。今夜のメニューはキジのクリーム煮、ベークドポテト、アスパラガスとロールパンです」

「おいしそうね」

ニックがクレアの腕を取って廊下を進んでいく。そうやって軽く触れられただけで背筋にうずきが走る。反応するまいといくら心に決めても、体が言うことを聞かない。クレアは隣のニックではなく、家に意識を集中しようと努めた。

クレアにあてがわれた寝室は明るい色調で、白い家具がしつらえてあった。コディの部屋は続き部屋になっていて、子どもサイズのベッドと白くて大きなクマのぬいぐるみが置いてあった。部屋に入ったコディはすぐさまクマに駆け寄って抱きしめた。

「きみのクマだよ、コディ」ニックがほほえんだ。

「ありがとう」クマを抱きしめてコディが笑った。

ニックが言った。「ぼくの部屋は廊下の突き当りだ。よかったら見に来てもいいよ」

「せっかくだけど、まず荷ほどきをするわ」クレアは答えた。しばらく彼と離れ、心を落ち着けたい。

夕食の間も、食後コディと遊びながらも、ニックはクレアのことが以前より気になってしかたがなかった。こうして牧場にいると、かつて裸の彼女をこの腕に抱き、キスし、何時間も愛し合った記憶がよみがえってくる。妻子を亡くした悲嘆から感情を失っていた自分が、クレアの存在に記憶と欲望をかき立てられている。クレアにキスしたい、彼女と踊りたい、愛を交わしたい。

前回の週末とこの一週間は、ふだんの彼の生活とはまるで違う。コディと過ごすために仕事の予定をすべて延期し、スケジュールを真っ白にした。家族は牧場の固定電話で連絡が取れるだろうと、携帯電話の電源も切った。牧場は外の世界から隔絶されている。仕事に戻ればまたいつもの日々が戻ってくるが、この休暇は心おきなく楽しもう。ここ数年、とくにカレンといた最後の一年は、牧場にもほとんど来ていなかった。彼女は牧場に興味はなく、ダラスでの社交生活を好んでいたし、ニック自身のスケジュール的にもそのほうが好都合だった。自分がここをどれほど愛していたかも忘れていた。クレアとコディとここで暮らせれば、まさに理想的な生活だ。

そんな考えが頭に浮かび、ニックははっとした。ぼくには多忙で大切な仕事がある。それはわが一族にとってきわめて重要なものであり、今後ますます多忙を極めることになる。のどかな牧場の暮らしはすばらしいが、今ここに引っ越すわけにはいかないし、クレアにしても、地元で築いた事業や家族を捨てて来てくれるわけがない。それを忘れるな。

コディを寝かしつけたあと、クレアがニックの待つ居間へ戻ってきた。赤いセーターとパンツが魅力的な曲線を際立たせ、また欲望がかき立てられる。あの髪を結んでいるスカーフをほどいてやりたいという衝動をニックはこらえた。

「コディは眠ったわ。今日も興奮することばかりだったから。初めて飛行機に乗り、ブーツとカウボーイハットを買ってもらい、本物の保安官や、もう一組のお祖父さんお祖母さんと会った。いろんなことがありすぎて目が回っているみたい」

ニックは思わずクレアの手を取り、親指で手の甲を軽くなぞった。「今度はママの番だよ。家に帰ったら、ぼくとまたデートしてくれ。友だちとしてでいい。また食事にも行こう」声がかすれる。

クレアが硬い笑みを浮かべた。「せっかくだけど、やっぱりああいうことはやめておいたほうがいいと思うわ。あなたとコディを会わせるために二人の関係は棚上げにしてきたけど、これからわたしにとってもコディにとっても、そしてわたしの家族にとっても、人生が大きく変わる決断をしなければならないのよ。ワシントンDCとヒューストンの間でコディを行ったり来たりさせるなんて、うまくいくとはとても思えないわ。あの子との時間を分け合うこと自体、わたしにとっては大事件だし」

「ひょっとしたら、また愛し合えるようになるかもしれない」

ニックの言葉がさらに深く胸に刺さる。「無理よ。あなたは議員として多忙だし、わたしも会社と家族の世話で忙しい。また傷つけ合うだけよ。あなたのご家族にも打ち明けたし、この休暇が終わったらいろいろと決めることになると思うけど、わたしたちは今後なるべく顔を合わせないほうがいいわ」

クレアはこちらを射貫くようなニックの青い瞳を見つめた。何を考えているかは読み取れないが、負けることに慣れていない彼のことだ、今の返事には不満に違いない。

「わかったよ、きみがそう言うなら」やがてニックが答えた。「お互い、また傷つくことは本意ではないし、ぼくも耐えられない。でも、二人で食事に行くぐらいでそうはならないんじゃないかな。この一週間、ぼくはずっと幸せな気分だった」

「それはよかったわ。でも、これからは決めなければいけないことがたくさんあるし」

ニックがうなずいた。「デートには行かなくても、来週もまたコディと過ごす時間は作りたい。きみの都合に合わせるよ。ぼくがヒューストンのホテルに滞在してそこでコディと過ごしてもいいし、毎日会いに行ってどこかへ連れ出してもいい」

「今の段階ではその方法が一番よさそうね。いずれは定期的なスケジュールを決めなきゃいけないでしょうけど、そんなに急がないでほしいの」

「わかった。火曜日からヒューストンのホテルに泊まるよ。そうすればきみと顔を合わせずにすむ」

「それがいいわ」

「寝る前に何か飲むか？　ぼくはビールにするよ」

「冷たい水でいいわ」

　ニックが飲み物を取りに立ち上がり、クレアは部屋に飾られた額入りの家族写真を眺めた。ニックと兄弟、そして父親の写真だ。

「たしか、ミラン一族の伝説によれば、男は全員法律の道に進まないと災難に見舞われるのよね」

「どんな災難かは知らないし、その伝説のせいでみんな弁護士や保安官になったわけじゃないよ。父がぼくたちにその道を勧めたのも、自分の仕事を愛していたからだ。かなり昔から伝わってきた話で由来も信憑《しんぴょう》性も不明だし、ミラン家の人間で信じている者はいないよ」彼はそう言って肩をすくめた。

「よかった。いつかコディもロースクールに行けと言われるのかと思っていたから」

「そんなことは絶対にない。コディは自分の好きなことをやればいい」ニックがクレアの手を軽く握ってほほえんだ。「約束する。ミラン家の伝説のためでもそれ以外の理由でも、コディに法律の道を強いることは絶対にしない」

「それを聞いてますます安心したわ。父親であるあなたの意見を聞けてよかった。土曜の夜が楽しみだわ。コディは今日ワイアットと会えたのが一番うれしかったみたいで、バッジをつけたまま寝ると言い張ったの。針が刺さると危ないからやめさせたけど。あの子、すっかりワイアットおじさんのファンよ」

「子どもなら当然だろう、保安官だぞ。弁護士で議員のぼくなんかよりずっとかっこいい」

「確かにそうね」クレアは声をあげて笑った。「ここは冬でも美しいわね。日没が見事だった。あなたがこの牧場を愛している理由がわかったわ」

「ああ。だが時間がなくてなかなか来られない」ニックが振り向いた。こちらに向けられたその目を見た瞬間、クレアはまずいと悟った。

　朝からずっとこらえてきたが、もうこれ以上我慢できない。ニックは座っていた椅子の向きを変え、クレアを抱き上げて膝の上にのせると低い声で言った。「クレア、今日は本当に楽しかった。きみを抱きしめたい」

　クレアがはっと息をのんだ。「ニック、めんどうなことになるわ」だが、彼の胸に手を当ててそうささやきながらも、強く押し返してはこない。

　ニックは彼女の腰に腕を回してさらにぴったりと抱き寄せた。彼女の手を取ると、驚くほど脈が速い。ついに誘惑に屈し、ニックは唇を重ねた。

　クレアが彼の胸板から首へと手をすべらせ、しがみついてキスを返してきた。ニックはこれまで抑えてきた思いを解き放つように、彼女の唇をさらに激しくむさぼり、ありったけの思いを注ぎ込んだ。

　低くうめくクレアの声に体が燃える。予想に反して、彼女は抵抗するどころか、ニックの髪に指をからませて情熱的にキスに応えてきた。さっきまでの冷静な態度も過去のわだかまりも消え、この瞬間は男と女として歓《よろこ》びを感じたいと互いを求めている。

　ずっとこうしていたい。クレアを抱きしめ、一晩中愛を交わしたい。そんな思いに自分でもはっとする。なぜこんなことに？　これまでずっと心を閉ざし、仕事に専念してきたはずなのに。突然クレアが再び現れてぼくの世界はひっくり返され、また愛し合いたい、人生を生き直したいと思うようになった。心に巣くっていた悲しみが吹き飛ばされてしまった。

遠い昔、彼女とは傷つけ合ったし、今回もまた、いや前回以上に傷つくかもしれない。ここでやめて立ち去るべきかもしれない。だが腕の中のクレアは柔らかく熱くニックを誘ってくる。焼けつくようなキスが嵐のような思いをかき立てる。愛のない人生は空虚だ――そう考えてはっとする。ぼくはずっと多忙な日々を送ってきたはずだ。いつの間に空虚になった？　そんな思いをよそに、ニックはクレアを抱く腕にさらに力を込め、キスを続けた。

　過去をなかったことにはできないが、ここからまた始めれば、きっとすばらしい人生になるはずだ。

　このまま寝室へ運びたいけれど、クレアは拒否するだろうか。唇を重ねたまま彼女ののどもとをゆっくり愛撫《あいぶ》し、そのまま柔らかく豊かなふくらみへと指を這《は》わせていく。ブラウスのボタンを一つ、また一つ外し、手を差し入れて温かくなめらかなふくらみを包み込み、硬くなったつぼみに触れる。ニック自身も硬くたかぶっていた。ブラジャーのホックを外してレースの内側へ手をすべり込ませ、軽くくすぐるように愛撫していく。

　クレアがうめきながら彼の膝の上で腰を動かし、欲望がまた燃え上がった。クレアが身を起こすと、ニックはブラウスを押し広げ、胸のふくらみを舌で愛撫した。クレアが彼の髪に指を差し入れ、歓びのうめき声を低くもらした。

「ニック、待って。このまま続けていたら止められなくなってしまうわ」クレアがあえぎながら言った。「わたしはこんなことするつもりじゃなかったし、あなただってそうでしょう」

　ニックは身を起こしながらも、なおも彼女のうなじを愛撫《あいぶ》してささやいた。「クレア、きみがほしいんだ。ここで二人で過ごした日のことを覚えているかい？　この上なくすばらしい時間だったじゃないか」そう言いながら両手でクレアの顔を包み込み、じっと見つめる。

「覚えているわ。でも今夜はだめ。それでなくてもややこしい問題が山積みなんだから、こんなことはやめなきゃ」クレアが立ち上がろうと身をよじり、ニックもやむなく手を貸して自分も立ち上がった。

ブラウスの前をかき合わせる彼女を見ながらニックは言った。「ぼくはきみと一晩中愛し合いたい。ぼくたちの行為はすばらしかった。きみも覚えているはずだ。一度だけならいいじゃないか。また恋に落ちることもないだろうし」

「一度だけならいい」クレアが繰り返した。「わたしだけじゃなく、自分にも言い聞かせているつもり？　わたしたちはかつてあんなに傷つけ合ったのよ。また繰り返したくはないわ」

二人は立ったまま見つめ合った。クレアがほしくてたまらない。ニックは彼女の豊かな黒髪に両手を差し入れ、上を向かせて再び唇を重ねた。

唇と舌が触れ合った瞬間、ニックは彼女の腰に腕を回して抱き寄せ、全身を貫く欲望を注ぎ込むように熱く唇をむさぼった。「ああ、クレア、きみがほしい」そうささやき、彼女が答える間もなくまた唇を重ねる。

クレアもうめきながら彼にしがみついた。そのまままどれほどの時間が過ぎただろう。やがてクレアが体を離した。ブラウスの前は開いたままで、魅力的な曲線があらわになっており、その体をまた抱き寄せたくなる。

二人とも大きく息を吸い、クレアがまた一歩下がった。「ニック、今夜はもう終わりにしましょう。こんなことはするべきじゃなかったわ」

「誰も傷ついてはいないし、約束もしていない。何も変わってはいない」ニックはそう答えたが、彼の世界は一変していた。クレアに対する欲望がつのり、また悲劇への道を走り始めている。彼女との便宜結婚などできないし、クレアもそんなものは望んでいまい。「クレア、きみはぼくを悲しみから救い出してくれた。長い時間を経て、久しぶりに生きていると感じるよ。頼む、今夜ぼくとキスしたことを後悔しないでくれ」

「もう部屋へ行きます。お互いそのほうがいいわ」

「座って話をしよう。それできみの気がすむなら、部屋の端と端に座ってもいい」ニックは居間の反対側まで歩いていき、懇願するようにクレアを見た。

　クレアが降参だと言いたげにかぶりを振り、ニックと距離を置いて座った。

　それから一時間ほど、ニックはけんめいに欲望を抑え込み、互いの家族のこと、この四年間の生活についてなど、クレアの望みどおりなごやかに会話を続けた。

　やがてクレアが立ち上がった。「疲れたから、そろそろ寝るわ。おやすみなさい」

「ぼくも二階へ行くよ」ニックはクレアと並んで彼女の寝室まで行き、ドアの前で向かい合うと、彼女の髪を一房指でつまんだ。「きみもコディも来てくれてうれしいよ。今日は本当に楽しかった」

「その楽しさが続くといいわね」クレアが答えた。

　ニックはクレアに歩み寄り、抱き寄せてまた熱いキスをした。クレアもまた情熱的に応えた。その反応の早さに、やはり彼女もぼくを求めているに違いないとニックは思った。

　やがてクレアが顔を上げてニックを見た。「おやすみなさい。また明日の朝」

「今日は特別な一日だった。改めて礼を言うよ。明日の朝は早起きしよう」

　自室に入って服を脱ぎながら、今夜は眠れるだろうかとニックは思った。いや、とても無理だ。暗闇の中で横になり、目を閉じるたびに、クレアとのキスが脳裏にありありと浮かんでくるのだから。

9

とても眠れそうにない。ニックのキスと愛撫《あいぶ》でまだ体がほてっている。あのまま彼に抱きしめられていたかったと思うと同時に、あんなことはするべきじゃなかったとも思う。せっかく過去を乗り越え、新しい関係を築きつつあるのに、欲望などに振り回されてどうするの。

今夜も、もっと早くニックを止めるべきだった。でも、できなかった。いけないと思いながら、彼の愛撫を求め、彼を抱きしめたかった。眠気はすっかり覚め、ニックとの関係も変わってしまった。どんなに否定しても、二人の間に今も熱いものが流れていて、ずっと消えることがなかったのは事実だ。これから二人でいるたびに、そこには欲望が影を落とし続ける。二人の関係はすべて変わってしまう。

ニックとの時間をこれからどうやり過ごしていけばいいの？　必要なときだけ顔を合わせる、それだけでやっていけるの？

ニックがそばにいない長い夜を、どうやって過ごせばいいの？

水曜日の朝、クレアはシャワーを浴びてからジーンズと黒のニットシャツ、テニスシューズに着替えた。コディはまだベッドで眠っている。

キッチンに入ると、ニックが料理をしていた。熱いコーヒーとパンのいい香りが漂っている。

彼の姿を見た瞬間、胸が高鳴った。青いチェックの長袖シャツに、長い脚を際立たせるスリムなジーンズ。引き締まったウエストには革細工のベルト。セクシーな牧場主を絵に描いたような姿だ。

「おはよう」声をかけるとニックが振り向いてほほえみ、クレアに歩み寄ってきた。

「おはよう。今日もきれいだ」

かすれた声でそう言うと、彼はクレアの腰に腕を回し、そのまま彼女の目を見つめた。その青い瞳には欲望がにじみ、離れなければと思いつつ、クレアは動けなかった。ニックにとらえられ、キスしてほしいと思いながら、やっとの思いで彼から離れる。

「今日はコディに馬を見せて、ぼくと一緒に乗せてやろうと思っている。きみも行くかい？」

「もちろん。初めての乗馬は見逃せないわ。写真も撮らないと。まだぐっすり眠っているけれど」

「ぼくとコディは牧場をあちこち見て回るだけで、カウボーイたちの仕事を手伝ったりはしない。きみも、もし町に出たいとか用があれば言ってくれ。ここはとても静かな土地だからね」

「とても静かな土地、すばらしいわ。コディもたっぷり楽しむでしょう。あの子の世話はあなたがして、わたしは写真だけに集中する。そんな時間もあの子にとっては特別だわ」

「ぼくにとってもいろんな意味で特別だよ」ニックがクレアの髪に触れながら言った。「ここでの静かな生活をどれほど愛していたか忘れていた。きみたち二人に気に入ってもらえるとうれしいよ。ここ数年はほとんど来ていなかったが」

「忙しすぎるのよ、ニック。少しペースを落として、バラの香りでも楽しんでみたら？」

「楽しむならもっと他にやりたいことがある」ニックがクレアにほほえみかけ、かすれた声で言った。

「それは何？」クレアは息をはずませてたずねた。

危険なやり取りだとはわかっていても、こんなふうに誰かと甘い言葉を交わすのは久しぶりだ。

ニックが目を見開き、彼女に歩み寄ってその体に腕を回した。「おはようのキスをするとか」

何か答えようと開きかけたクレアの唇を唇でふさぎ、ニックがさらに強く抱きしめてくる。クレアも彼の体に腕を回してキスを返した。胸が高鳴り、体が熱く燃える。心に築いたはずの防御壁はもうすっかり消え去っていた。

ようやく唇を離し、クレアは自分の顔を手であおいだ。「朝から熱くなっちゃったわ」

「一日の最高の始め方の一つだよ」

見ると、ニックが強い視線でこちらを見つめている。「他の方法についてはきかないことにするわ。オレンジジュースでも飲んで熱を冷まそうかしら」

「臆病者だな」ニックが低い声で返し、オレンジジュースを注《つ》ぎに行った。「オムレツを作るよ。何を入れてほしいか言ってくれ」

「自分の分は自分で作れるわ」

「それはわかっているけど、ぼくがやる。食材はこれだけある」見ると、キッチンには粗く刻んだマッシュルーム、たまねぎ、ピーマン、ハラペーニョ、にんにく、アスパラガス、バジルの葉、ニンジンの葉の入った小皿がずらりと並んでいる。

クレアは驚いて顔を上げた。「あなた、何時に起きたの？」

「早起きはしたが、これはすべてダグラスが用意しておいてくれたものだよ」

「すごいわね。どれもおいしそう」改めて食材を見渡してから目を上げると、ニックがまた強い視線でこちらを見つめていた。「何？　どうかした？」

「いや、刻んだ野菜なんかよりもっとおいしそうなものがあるなと思って」ニックが低い声で言う。

また体が熱くうずき、胸が高鳴るのを感じながら、クレアは笑みを浮かべて彼から離れ、ジュースを一口飲んだ。「少しずつ全部入れてくれる？　それで小さなオムレツ一つにまとめられる？」

「見てろよ」ニックはそう答え、料理にかかった。

何かと思わせぶりなことを言ってくるのは、わたしがまだ彼にひかれているか確かめるためか、それともからかっているだけなのか。クレアは彼の動機が気になってしかたがなかった。

朝食後しばらくして、三人は馬に乗り、クレアはコディの写真を撮った。パーカーとカウボーイハット、ジーンズ、ブーツで全身を固めたコディはまさに小さなカウボーイといった格好で、大きな馬の背でニックの前にまたがり、まるで全世界を手に入れたかのように目を輝かせている。

コディと同じく楽しそうなニックも、黒のつば広帽にタイトなジーンズ、ブーツ姿がハンサムだ。今夜もまたキスされるのだろうか。そう考えて、してほしいと思っている自分に気づく。彼と過ごす時間が長くなればなるほど、もっとそばにいたい、その腕に抱かれたいと思ってしまう。今後の関係のためにはいけないことなのに。

「もうすっかりコディの心をつかんだわね」クレアはニックを見上げて言った。「この子の目には完全無欠のパパに見えているでしょう。世界中探してもあなたほどすばらしいパパはいないわ」

「そうだったらうれしいね。今夜、夕食のあと囲い場を見に行こう。カウボーイたちが乗馬練習をするんだが、なかなかの見ものだよ。コディはロデオを見に行ったことはあるかい？　明日の夜にでも、どこかやっているところがあれば行ってみよう」

「それはこの休暇のハイライトになりそうね」

ニックも自分もそれぞれ多忙だし、先週末や今週のような休暇は今後そうそう取れないだろう。そうなれば二人の関係も変わる。それまでは、この時間を楽しむことにしよう。

その日は一日中、二人のあとをついてコディの写真をたくさん撮った。夜にはまた、ダグラスが用意してくれたおいしい夕食を味わった。

夕食後、ニックと囲い場へ行って帰ってきたコディはクレアに駆け寄り、荒馬を乗りこなすカウボーイについて興奮しながら語った。クレアはその様子を祖母に見せようと、タブレットで動画に撮った。パパも荒馬に乗ったんだよ、というコディに、クレアは驚いてニックを見た。ニックがにやりと笑い、この人は本当に牧場の暮らしを愛しているんだわとクレアは改めて感じた。もし伝統あるミラン一族に生まれついていなければ、彼の人生の選択は変わっていただろうか。

「コディ、そろそろお祖母《ばあ》ちゃんに電話して寝る時間よ。明日もまた元気に遊べるように」

「はい、ママ」

電話のあと、寝支度をしながらもコディは荒馬についで話し続けた。やがてベッドに入ったコディにクレアが絵本を読み聞かせ始めると、ニックもそばに来て、コディはまもなく眠りに落ちた。

「きみが今日撮った写真を一緒に見よう。ぼくにも何枚かほしいな」ニックがクレアの肩に腕を回し、二人は居間のソファに並んで腰を下ろした。

「今夜もまた株を上げたわね。あの子はすっかりあなたに夢中よ」

「ぼくかカウボーイ長のミスター・マックリンと一緒でなければ馬に近寄らないよう、しっかり言い聞かせておいたよ。ダスティ・マックリンは息子を五人も育て上げて、子どものことをよく知っている。彼にならコディをまかせても大丈夫だ。コディが牧場にいるときはぼくもずっとついているけどね」

「それを聞いて安心したわ。ここには牡牛《おうし》もいるし、馬もガラガラヘビも、それ以外にも何が出てくるかわからないし。ずっとそばにいてやってほしいわ」

「コディのことは心配いらないよ」ニックがまっすぐ見つめ返してきた。「さあ、写真を見よう」

二人で写真を見ながら笑い合い、やがてニックが手を止めた。

「クレア、先週から考えていたんだが、もうすぐクリスマスだろう。きみたちはお祖父《じい》さんお祖母さんと過ごす予定だろうし、それをじゃまするつもりはないが、うちのクリスマスにも来てもらいたいんだ。クリスマスの時期にまた二人で来てくれないか？　ここでもいいし、ダラスの家にうちの両親を招いてもいい。きみのお祖母さんにも来ていただきたいし、お祖父さんも、飛行機でお連れできそうならぜひ」

ニックにそう言われることを恐れてきたが、こうなっては決断しなければ。このままニックに引きずられていけば、また傷つくことになる。

「クリスマスの朝を自宅で祖父母と過ごせれば、その日の午後からこちらに来ることはできるわ。天候がよければの話だけど。祖父が動くことが難しければ、あなたがヒューストンへ来て。歓迎するわ」

「ありがとう。天候が問題なければ、うちの家族を全員この牧場に呼ぶよ。それが無理ならダラスの家に集まろう。そうだ、きみたちがここにいる間にツリーを立てないか？　一人でやってもつまらないからね。牧場に生えているヒマラヤスギを切って使おう。オーナメントも屋根裏部屋にあるはずだ」

「いいわね。コディもきっと喜ぶわ」ニックはわたしの生活をどこまで変えるつもりだろう。牧場に来てからというもの、ニックは以前より楽しそうにリラックスした様子だ。「本当にここが好きなのね、ニック。もっと来ればいいのに」

「子どものころからこの牧場が大好きだった。だが父の期待を裏切ることはできない。父はずっとぼくを愛し、助けてくれた。今仕事で成功できているのも、いい生活を送れているのも父のおかげだ。でも本当は、ここでの暮らしのほうが好きなんだ」

「お父さまを喜ばせるためだけに、本当は好きでもない仕事に人生を費やしているということ？」

「きみだってお祖父さんの仕事を継いだじゃないか。子どものころから手伝っていなければ、自分から不動産の仕事を選んだと思うか？」

ニックにそう問い返され、クレアは彼の青い瞳を見つめながら考えた。「インテリアデコレーターに興味はあったわね。今でも好きだし、たまに物件を売りに出す前に売主さんがインテリアに手を入れるのを手伝ったりもするわ」

「ほらね。きみだってそう変わらないじゃないか」

「そんなことないわ。インテリアの仕事をするときも人格が変わったりはしないもの。でも、ここにいるあなたはずっとくつろいでいるし、携帯電話にかじりついてもいない」

「携帯は電源を切ってキッチンに置いてある」ニックが肩をすくめた。「引退したらここで暮らすよ」

「ニック、そんなのずっと先の話じゃない」

「ぼくを心配してくれているのかい？」ニックの口調が変わった。また彼の膝に抱き上げられ、クレアは再び彼のキスに酔いしれた。

ニックを求める欲望がさらにつのり、彼の手がシャツの下に入ってきたとき、クレアは止めようとしなかった。かつて激しく愛を交わした記憶がよみがえり、いとしさがこみ上げて、思いのまま彼を愛しなさいと心の声があおり立てる。

ニックのシャツのボタンを外し、たくましい胸板に両手を走らせた。ニックが唇を合わせたままシャツを脱ぎ、クレアのシャツも頭から脱がせた。

「ニック――」抗《あらが》おうとするクレアの声を唇でふさぎ、ニックが彼女をさらに強く抱きしめて熱く唇をむさぼる。ブラジャーを外され、胸のふくらみをくすぐるように愛撫されて、クレアはこらえきれず彼にすがりついた。ニックが彼女の髪を結んでいたスカーフをほどき、豊かに広がる髪を指ですいた。

やめなさいと理性の声が警告する。こんなことをしても状況がややこしくなって、また傷つくだけだと。だがその警告も、欲望の炎に焼き尽くされた。

ニックが彼女を抱いたまま立ち上がり、キスしながら自分の寝室へ運ぶと、そのまま床に立たせた。クレアは彼のキスと愛撫でぼうっとなり、ただこの瞬間に身をまかせることしか考えられなかった。

この四年間、何度となくベッドの中で思い描いてきたニックの愛撫に身をまかせながら彼の背中に両手を這《は》わせ、その手で腰のベルトを外す。彼のたかぶりが押しつけられるのを感じ、ジーンズを脱がせて解放してやりたいと思う。

だがそれと同時に、やめなさい、よく考えなさいという理性の声がしつこく頭に響く。取り返しのつかないことになるわよ、と。

ニックが彼女のジーンズのファスナーを下ろし、指をすべり込ませて愛撫を始めると、クレアは頭の中の声に耳をふさいだ。快感に身をまかせているうちに欲望がこみ上げ、思わずニックを抱きしめる。

ニックが片方の胸のふくらみを包み込み、頂を舌で愛撫した。クレアは彼の肩にしがみつき、あえぎ声をあげた。彼が片方の脚を彼女の脚の間にねじ込み、さらに愛撫を深めた。快感の芯を探る指の動きに、クレアは再び声をあげた。

もう後戻りできない時点に到達する直前、再び理性が戻ってきて、クレアはニックの手を押さえた。

「ニック、やっぱりできないわ。理由はいろいろあるけど、まずわたしは避妊していないし」クレアはそう言うとニックを見上げた。額に前髪が一筋かかり、青い瞳は欲望にかげり、荒れ狂う嵐の海のようだ。唇はさっきまでのキスで赤くなっている。たくましく見事な目の前の肉体から目をそらす。

「避妊具ならぼくが持っている」ニックが彼女に体重をかけないようにしながら、ベッドの上のクレアに体を重ね、彼女の首筋にキスの雨を降らせた。

「クレア、きみがほしい。きみはぼくに人生を、笑いと希望を取り戻させてくれた。きみとのセックスはいつもすばらしかった。これこそ本物の人生だ」

「あなたはいつだって解決策を用意しているのね。さすがは政治家だわ」低くかすれたその声は自分の声でないようだ。ニックがほしくてたまらない。

「でも、こんなことをすればわたしたちの人生がややこしくなってしまう」

「すでにややこしくなっているじゃないか」ニックが体を離し、目を細めてクレアを見た。「言ってみろよ、こんなことはしたくないと。やめてくれと」そう言いながらも、彼の片手はクレアの胸のふくらみを愛撫し、もう片方の手は太ももの間をゆっくりとなぞり続ける。じれったいほど軽くゆっくりした動きに、もっと強く、と体を起こして弓なりにそらせる。思わずうめき声がもれる。


彼の口で、手で触れてほしい。わたしの中に入ってきてほしい。愛する彼と一晩中愛を交わしたい。

「やめてと言わなきゃいけないのに」そうささやきながら、ニックの硬いたかぶりを握って愛撫する。

「そんなこと言わなくていい。きみだって本当は言いたくないはずだ」ニックが彼女の胸にキスの雨を降らせ、その唇を腹部へ、さらに開いた脚の間へと這わせていく。

「ニック」クレアは身を起こし、彼のものにキスをして手で愛撫した。彼の中の欲望を最高潮まで高めたい。彼の頭からつま先まで、全身にキスをし、愛を交わしたい。孤独な夜、何度となく夢に見てきたニックが今この腕の中にいる。もう立ち止まる地点は通り過ぎてしまった。やっと夢が現実になるのだ。クレアはニックをベッドに押し倒し、そのたくましい肉体にまず視線を、続いて両手を這わせた。


くすぐるような指で愛撫しながら彼の全身に濡《ぬ》れ

たキスの雨を降らせる。舌先を胸板から下へ、太ももの内側へと這わせていく。ニックがうめき声をあげ、彼女を組み敷こうと腕をつかんだが、クレアはニックをベッドに押し返す。「まだよ、ニック。わたしにもあなたを愛させて」

そうして彼に触れていくたび、ますます彼がほしくなってくる。記憶がよみがえり、いとおしさがあふれ、全身が震える。

再びニックが体の位置を入れ替えたとき、クレアは素直に仰向けになった。ニックは一瞬動きを止めて彼女を見つめた。「きみがほしい」そうささやくと、彼は答えを封じるように唇を重ねた。

サイドテーブルの引き出しを開けて避妊具を取り出すニックをクレアは見つめた。細身ながら筋肉のついた体、たくましい肩、引き締まった腹部。欲望のしるしがたかぶっている。

ニックが再び体を重ねてきた。もう二度と会えないと知りつつこの瞬間を幾度も夢見てきた夜を思いながら、クレアは大きく脚を開いた。

ニックがゆっくりと入ってきた。硬く熱いものでいっぱいに満たされ、クレアは何も考えずただ体を動かして声をあげた。ニックもゆっくりと動き始め、クレアもたまらず彼をきゅっと締めつけながらその体にしがみつき、愛する人を抱きしめる感触を味わった。ニックを愛し、そして彼からも愛されたい。彼の背中からヒップへと手を這わせ、ぴったりとリズムを合わせて体を動かす。

快感がさらに高まり、ついにクレアはあえぎ声をあげて絶頂に達した。それと同時にニックも抑制をかなぐり捨て、激しく腰を動かして彼女を貫いた。やがて感じたことがないほどの歓《よろこ》びが爆発し、クレアはばらばらに砕け散った。

ニックががくりと体を預け、彼女を抱きしめて頬にキスをした。そのまま二人とも荒い息を吐き続け、ニックがささやいた。「すてきだったよ、クレア」

クレアが汗で額にはりついたニックの髪をなでつけると、ニックは黙ったままクレアを抱きしめ、クレアも静かに彼を抱きしめながら思いにふけった。

やがてニックが彼女の体に腕を回したまま、隣に横たわった。「朝までずっとこうしていたい」

「それは無理よ、ニック。もうちょっとしたら部屋に戻って休まないと」

「きみはときどき厳しい女になるな」ニックがクレアの頬をなぞった。

「あら、さっきまでも厳しかった？」クレアはからかうように返した。

ニックが彼女の腰に腕を回し、ぎゅっと抱き寄せた。「いいや、たまらなくセクシーだったよ」彼の瞳に再び影がさす。もう次の欲望がわいてきたのだろうか。「きみはすごいよ、クレア。自分のほしいものを知っていて必ず手に入れる」そう言ってニックがにやりと笑う。「でも、世の中には妥協というものもあることを知っているかい？」

「妥協は政治家がすることよ。わたしはコディとわたし、そしてわたしの家族にとって一番いいことをしたいだけ。妊娠や出産をあなたに知らせなかったのは間違いだったかもしれない。でも、自分の家族のためにはそうするべきだと思ったの。そしてある時点からは、あなたにとってもそのほうがいいと」

「もう気にすることはないさ。終わった話だ。今はただきみを抱きしめていたい」ニックがクレアの背中を静かになでた。「いい気持ちだ、クレア。このままずっと離したくない」

「だめよ」できることならわたしも離れたくないけれど、二人の状況を考えればいたしかたない。

やがてベッドから下りようとしたクレアを、ニックが後ろから腕を回して引き止めた。「行くなよ」

「ニック、一晩中ここにはいられないわ」

ニックが腕を離し、クレアはベッドから下りた。服を拾い集めるクレアを眺めていたニックがドアに歩み寄る彼女に声をかけた。「おやすみ、クレア」

振り向くと、ニックは大きなベッドに横たわり、腰にシーツをかけた姿で頭の後ろで手を組んでいた。再びその腕に飛び込み、朝までここで過ごしたい。

今夜の出来事は二人の問題を解決に導くどころか、かえってクレアの人生をややこしくし、ニックに抗えない気持ちをかき立ててしまった。ここで彼の魅力に屈してあの腕の中に戻れば、本当に取り返しのつかないことになってしまう。クレアは心を鬼にして彼に背を向け、自分の寝室へ急いだ。

木曜日の朝、裏門にはニックのピックアップトラックが停《と》めてある。風が強く吹き荒れ、冬の寒気を運んできた。朝食後、ニックが今日はツリー用の木を探しに行こうと言ったので、クレアはコディにパーカーを着せて手袋をはめさせ、自分も厚手のコートを着て毛皮の襟をしっかり立てた。

「ブーツもはいたほうがいいよ」

「靴下とスニーカーで大丈夫でしょう」見ると、ニックも暖かそうなボアつきの革ジャケットを着こんでいる。黒のカウボーイハットと黒の革手袋で決めた姿は、昨夜の裸体にも負けないほどハンサムだ。そんなことを思い出すとまた体が熱くなる。コディが興奮のあまり、ママ見てと隣で飛び跳ねていたので、クレアは手袋をきちんとはめ直してやった。

寒風が吹きつける中、三人はエンジンのかかった暖かいトラックに乗り込んだ。

ヒマラヤスギがまばらに生える場所に着くと、ニックとコディが木を選び、クレアはまた写真を撮りながら、斧《おの》をふるって木を切り倒すニックの広い肩やたくましい背中に見とれた。ニックもコディに負けないほど楽しそうで、やはり牧場暮らしが恋しかったんだとクレアは思った。これまで本当に好きではない仕事に忙殺されてきたのも、お金のためではなく、ただ父親を喜ばせるためだったのだろう。

　小雪が舞い始めた。「ゆきだ！」コディがはしゃぎ、雪をつかまえようと両腕を振り回した。

「コディを喜ばせるのは簡単だな」ニックが声をあげて笑った。

「ここで体験するすべてが新鮮で楽しいのよ。雪もそう。ヒューストンではあまり雪が降らないから。ひょっとしたらパパ以上に牧場が好きなのかも」

　ニックがはっとした表情でクレアを、そして考え込むようにコディを見やった。やがて切り倒した木をトラックに積み込み、三人は家に戻った。

　裏口から木を運び込むころには、外は荒れ狂う吹雪になっていた。コディはツリーを立てるニックを見たり、曇る窓ガラスを手で拭いて外の吹雪を見たり、大忙しだった。

　夕食を終えると、ニックが屋根裏部屋からオーナメントの入った箱を運んできた。「来年はヴェリティかダラスかヒューストンで自分たちのオーナメントを買おう。これはぼくが子どものころに母が買ったものと、今回急いで買い足したものだ。カレンと使っていたものはダラスの家の屋根裏部屋にある。気になっているかと思って」そう言い添える。

「いいのよ。どれもコディにとっては初めて見るものだし」クレアは答えた。「飾りつけのリーダーはあなたにまかせて、わたしはまた写真を撮るわ」

　ニックがほほえんで箱を開けた。「コディ、まずこのペッパーランプを巻きつけるよ。それから飾りつけを始めよう」

　クレアもランプの巻きつけを手伝った。体が近づき、軽く触れ合った瞬間、ニックの目の表情が変わった。青い瞳の奥に燃える欲望の炎に魅入られ、彼の腕の中で過ごした昨夜の記憶がよみがえって胸が高鳴る。クレアは大きく息を吸って目をそらした。

ようやくツリーの飾りつけが終わった。上半分はオーナメントが少なく、コディの手が届く下半分に集中していた。

ニックがツリーのランプ以外、すべての灯《あか》りを消した。ツリーの向こう側の窓には雪が降りしきり、一面に積もっている。三人はニックを真ん中に立ってツリーを眺めた。ニックがコディとクレアに腕を回して言った。「すばらしいツリーができたな」

体をぴったりと寄せ合い、肩に回された腕を感じる。コディが小さな手を伸ばしてきてクレアの手を握った。コディも満面の笑みを浮かべ、目を輝かせてツリーを見上げている。

クレアは胸がきゅっと痛くなった。この三人が家族でないことがつらい。ニックを見上げると、彼も真剣な表情でクレアを見つめていた。何を考えているのだろう。自分たちが直面する壁に気づいているのだろうか。

「いちばんいいツリーだね」無邪気な声でコディが言い、また胸が痛くなる。

「ええ、きれいだわ」コディの手を握り、ニックに肩を抱かれてツリーを眺めるこの夜を、いつまでも忘れないだろうとクレアは思った。愛する夫と築く家族という、決して手に入らないものの象徴だ。

「ほんとの木だよ、パパが切った。ぼくだいすき」コディが感動の面持ちで言い、クレアは胸が締めつけられた。これから毎年、クリスマスはコディとニックと過ごすことになるのだろう。ニックがすばらしい父親になってくれるのはありがたいが、いつかコディが自分抜きで父親とだけ過ごす日が来ると思うと、つらい気持ちになる。

そんな未来を考えまいと、クレアは二人から体を離した。「コディ、もうおやすみの時間を過ぎているわ。寝る支度をしましょう。そうしたらパパが本を読んでくれるわよ」さっき屋根裏部屋へオーナメントを取りに行ったニックが、子どものころ読んでいたクリスマスの本を二冊見つけてきて、コディにも読んでやりたいと言っていた。

うなずいたコディをニックが肩車し、部屋を出ていった。二人を見送ったクレアは、どんなに防御壁を築いてもどんどんニックにひかれていってしまう自分に気づいた。

タブレットを取り出し、今日撮った写真をすべてニックに送りながら、昨夜のことを思い出す。彼は今夜も同じことをするつもりだろうか。わたしたちはもうすぐダラスへ戻り、そしてわたしとコディは日曜日にヒューストンへ帰る。そう考えると胸が苦しくなった。

結局わたしは、四年前と同じように簡単にわたしの人生から歩み去る人に、再びこの身を投げ出してしまったのだ。

コディにヒューストンとワシントンＤＣを行き来させるなんて、そんなことができるだろうか。山積する問題が何一つ解決できていないと気づき、クレアは額に手を当てた。

ニックとコディが馬に乗る写真を見つめる。ハンサムなパパとかわいい息子。もしわたしたちが……いいえ、そんなことは考えちゃだめ。

クレアはタブレットを置き、コディの部屋へ行った。読み聞かせを終えたニックが明かりを消し、コディはすやすやと眠っていた。

廊下に出てきたニックがクレアの手を取り、自分の部屋に入ってドアを閉めた。「昨夜からずっと、この時間が待ち遠しかったよ」そう言ってクレアを抱き寄せ、唇を重ねてくる。

その腕のぬくもりに包まれ、クレアも彼を抱きしめてキスを返した。愚かだと知りつつ、もう二度と離したくないと思われるまでニックを愛したかった。

10

官能的な夢のさなかに、クレアは小さな指が自分の腕をつついているのに気づいた。

目を開けるとコディがいた。「ママ、おきて。朝だよ。パパが、もうみんなおきるじかんだって」

クレアはほほえんでコディを抱きしめた。「起きるわ、パパと少しお話もあるし。パパはどこ？」

「キッチンでおりょうりしてる。おねぼうのママをおこしておいでって言われたの」

「そうなの？　じゃあすぐ行かなきゃ。着替えるから、コディは先に朝食を食べてらっしゃい」

コディが駆け出していき、クレアはベッドから出てドアを閉めた。さっきのは夢ではなく、昨夜のニックとの行為を頭の中で再現していたのだと気づく。二人は愛を交わし、一緒にシャワーを浴び、さらに二回行為を重ねた。心ゆくまで欲望を満たされ、クレアは自室へ戻って赤ん坊のように眠った。

コディが待っている。クレアは急いでシャワーを浴び、ジーンズと赤の長袖Tシャツを着てキッチンへ行った。「お寝坊ママが来たわよ」

コディと向かい合わせに座っていたニックが立ち上がり、ほほえみかけてきた。その視線を全身に感じ、クレアの体の残り火がまた燃え始めた。

「コディの朝食をありがとう」

「何を用意すればいいかだいたいわかったからね」

「あとでゆきだるまを作ろうって、パパが。ごはんがおわったら外へ行くんだ」

「きみも一緒にやろうよ」ニックが言った。

「十分だけね、写真を撮るから」クレアは笑った。

「もう五千枚ほど写真を撮って家に帰ることになり

そうだわ」

ニックがほほえみながらまた彼女の全身に視線を走らせる。視線ではなく、その指で触れられているような気がした。彼に見つめられるたび、触れられるたびに体が反応してしまう。なんとかしなければ、今日一日もちそうにない。

「ぼくの見たい画像はここにあるよ」ニックが自分の頭を指でつついた。声が一段低くなる。

彼の言う意味はわかっている。インスタグラムには絶対に載せられない画像だ。「それはそのまま頭にしまっておいて。もうその話は終わりよ」クレアが答えると、ニックがにやりと笑った。

「きみに異存がなければ、今日の午前中はコディを連れて外へ行き、カウボーイの仕事を見せてやりたいんだ。家畜が水を飲めるよう池や貯水槽の氷を割ったり、干し草を敷いたりね。観察するのは車の中からだし、コディのことはしっかり見ているから」

「いいわ。わたしは遠慮しておくけど」

「そう言うと思った」

朝食のあと、ニックとコディが雪だるまを作るのをクレアは楽しく眺め、そして、背の高いカウボーイが小さな息子の手を引いて牧場へ出かけていく姿を見送った。やがて戻ってきた二人は牧場での様子を事細かに語り、ニックが自分の携帯電話で撮ったコディの写真を見せてくれた。カウボーイたちに囲まれたコディは満面の笑顔だった。

夕食後、ニックはコディとゲームで遊び、床に寝そべってコディによじ登らせてやった。ニックがこれほどくつろいで幸せそうなのは、大好きな牧場にいるからだろうか、それともコディといるからか？どちらにせよ、いつにも増して魅力的だ。彼がコディにとってすばらしい父親であることは間違いない。

でも、わたしにとっては？

わたしはちゃんと愛を返してくれる人を愛したい。

ニックがわたしに抱いているのはただの欲望だ。セクシーで男っぽくて活力に満ち、わたしを熱く求めてくれるけれど、それは愛ではない。明日にでもここを出て上院議員に立候補し、ワシントンDCに住み、わたしとほとんど会えなくなっても平気な人だ。

もちろん、わたしとのセックスは恋しく思うだろうし、わたしがそばにいて政界で活躍する彼を支えてくれたらとは思うかもしれないが、そんなことはできない。祖父は少しでも仕事に復帰できるよう、今も闘病中だ。ニックと結婚して祖父の会社を誰かにまかせ、祖父母を見捨てることなどできない。

ニックの大きな笑い声でクレアははっとわれに返った。牧場へ来て以来、こんな彼の笑い声や口笛、鼻歌をどれほど聞いただろう。牧場の生活がこれほど好きなのに、なぜ今の仕事を続けているのだろう。

ニックがごろりと仰向けになり、長い腕を伸ばしてクレアの足首を軽くつかんだ。クレアははっと息をのんだ。

「なぜそんな真面目くさった顔をしている？」ニックの指が足首を軽くなぞる。

「どうやったらコディの興奮を静めて寝かしつけられるかと思って」

「ぼくにまかせろ。心配いらない」ニックが身を起こした。「コディ、お風呂の時間だ。それから本を読もう。肩に乗ったら連れていってやるぞ」

コディが笑いながらニックの肩にまたがり、髪をくしゃくしゃにした。ニックが立ち上がってクレアに笑いかけ、馬のように駆け出すと、コディがまた大きな笑い声をあげた。

クレアは時計をちらりと見た。三十分たったらコディにおやすみのキスをしに行こう。

子ども部屋へ行くと、ニックがかがみ込んでコディの額にキスをしていた。クレアに歩み寄った彼は彼女の肩に腕を回した。

「絵本を最後まで読む前に寝ちゃったよ」

「さすがパパね。ありがとう」彼の指に髪をくすぐられるのを感じながらクレアは言った。

廊下に出ると、ニックが自室に向かいかけて足を止めた。「さて、今度はぼくたちだ」

「わかっているわ」からかうように答えたクレアの笑みが、彼の顔を見上げた瞬間消えた。ニックの青い瞳が欲望に燃えていた。クレアの肩からうなじへと両手をすべらせ、髪を結んでいたリボンをほどいたニックが、身を寄せて軽く唇を合わせた。

唇と唇をさらに重ね、舌が触れ合う。クレアもキスで応えると、ニックの腕の力がさらに強くなった。

クレアは息をはずませ、彼の首に腕を回し体を押しつけて、熱く唇をむさぼった。

ニックが彼女を抱き上げた。彼の部屋へ運ばれ、ドアの閉まる音が聞こえた直後、クレアはベッドに横たえられ、ニックが体を重ねてきた。


翌朝八時、自分の部屋で目覚めたクレアはシャワーを浴びて着替え、コディとニックを探しにキッチンへ向かった。

今夜はダラスのニックの家で彼の家族と晩餐会《ばんさんかい》だ。一瞬不安がよぎったが、ワイアットもニックの両親も親切で感じがよかったことを思い出した。みんなコディを家族として歓迎してくれていると思うと不安は消えた。朝食のテーブルではニックとコディがベリー入りのオートミールを食べていた。

「今日は気温も上がるし、道路の除雪もすんでいる。朝食が終わったらダラスへ向かおう。今夜は楽しくなるぞ。うちの家族とコディが仲よくなるのが待ちきれないよ」

「たった一人の孫だもの、歓迎してもらえるわね」そう言ってほほえみながら、クレアの胸はちくりと痛んだ。ニックの家族とともに過ごしても、自分は決してその一員にはなれないのだ。

午前中に三人はダラスのニックの家へ戻った。使用人二人が出迎え、料理人のダグラスも一足先に戻ってきていた。

コディが居間で塗り絵を始めると、ニックがクレアの腕を取って廊下に連れ出した。「ぼくの両親が今夜ここに来る。コディと話して、両親をなんと呼ぶか決めておいてくれないか？　おじいちゃん、おばあちゃんでもいいし、コディが決めた呼び方ならなんでも喜ぶだろう。今夜から呼び始めるのがいいと思うんだ。二人はあの子の祖父母なんだから」

「そうよね。わたしが考えておくべきだったわ。コディと相談して、あなたにも認めてもらって」

「なんだって認めるさ」ニックがクレアにほほえみかけ、頬に軽くキスをした。だが二人の視線がぶつかった瞬間、空気が変わった。クレアを抱き寄せて熱く口づけるニックをクレアが押しとどめた。

「ちょっと、ニック。使用人もコディもいるのよ。誰に見られるか」

「夜まで待てないよ」

「待ってちょうだい。コディと話してくるわ」クレアはそう言って廊下をあとにした。ニックのキスを止めはしたが、胸の高鳴りは止められなかった。

さいわい、午後は晩餐会の準備で忙しく、キスを思い出しているひまはなかった。

夕方になると、ニックがコディの着替えを引き受けると言ったので、クレアはコディの服をニックに渡し、自分も着替えに行った。深紅色の長袖のドレスと色を合わせたハイヒールのパンプスをはき、髪は肩に垂らし、ニックからもらったネックレスとブレスレットをつけた。男女が子どもと手をつないでいるチャームを見てかぶりを振る。わたしとコディとニックはこうはならない。今回ヒューストンに戻れば、コディとの面会の相談をする以外は、ニックに会うこともほとんどなくなるだろう。その日が来るのがつらくてたまらない。

　居間に入ると、ニックが称賛の目を向けてきた。

「とてもきれいだ」

　クレアはまず青いセーターと紺のズボン姿のコディを見てほめた。「かっこいいわね」保安官見習の金のバッジがセーターの胸に輝いている。「パパもすてきよ」水色のシャツに紺のジャケットとスラックス姿のニックは最高にハンサムだ。

　午後六時きっかりに玄関のベルが鳴り、ニックの両親が入ってきた。またコディのためらしいプレゼントの包みを手にしている。

　ニックは父と握手し、母のハグを受けている。

「コディ、プレゼントを持ってきたわよ」母が言い、父が包みを差し出した。

「ありがとう」お行儀よく答えたコディがちらりとクレアに目を向け、クレアはうなずいた。

「開けてごらん、コディ」

　コディが包み紙を破って箱を開けると、カバのぬいぐるみが出てきた。コディは笑顔でぬいぐるみを抱きしめ、母イヴリンに言った。「ありがとう、おばあちゃん」それから父ピーターに向き直る。「ありがとう、おじいちゃん」

「どういたしまして」ピーターは満面の笑みを浮かべ、椅子に座ってコディに身を乗り出した。「コディ、お祖父《じい》ちゃん、お祖母《ばあ》ちゃんと呼んでくれてありがとう。とてもうれしいよ」

「はい」

「本当にお行儀のいい子に育ててくれたのね」イヴリンが涙ぐみ、クレアは驚いた。「もうコディが大好きになったわ。こうして会わせてくれてありがとう。すばらしい子だわ」

「ありがとうございます。カバのぬいぐるみも。コディも大喜びです」

　また玄関のベルが鳴り、ジェイクとマディソン夫妻が入ってきた。ニックがそれぞれを引き合わせた。

「クレア、姉のマディソンと夫のジェイク・カルホーンだ。こちらがクレアと息子のコディだよ」

「ヒューストンのギャラリーで会ったわよね。また会えてうれしいわ、クレア」マディソンが言った。「初めまして、コディ。何を持っているの？」

「カバさん。おばあちゃんとおじいちゃんがくれたの」

「父さんと母さんのことだ」ニックが言い添えた。

「わかるわよ」マディソンが笑った。「母さんはコディの存在を知って大喜びしているわ。それはそうよね。ニック、この子はあなたにそっくりだもの」

「確かに」ニックも笑った。「ほら、ワイアットとデスティニーも来た」

　ワイアットがクレアに笑顔を向けた。「牧場では楽しく過ごせたかい？」

「ええ。コディも興奮しっぱなしで」

　続いてやってきたニックの弟トニーは、しゃがんでコディに話しかけたと思うと、すぐコディと手をつないで歩いていった。

　ニックが言った。「あいつは子どもと動物を手なずける天才なんだ。相手のレベルまで下りていくからかな。独身だし子どものことは何も知らないはずなんだが、なぜか子どもたちに好かれる」

　トニーと一緒に笑い声をあげるコディを見ながらクレアはほほえんだ。

　ほんのわずかな間にニックの家族のことがよくわかってきた気がする。きょうだい同士いい関係で、よく行き来もしているようだ。父親とも仲がよく、ニックはニックなりに、わたしに負けないほど家族と密接なつながりがあるようだ。彼の場合は家族の世話をする必要などないため、わたしとはものの見方が違うようだけれど。

誰もがコディに興味津々で、コディも大人の注目を一身に浴びてうれしそうだ。

ダグラスの給仕を受け、一同は広々とした晩餐室で食事をした。やがてジェイクがグラスを鳴らして合図し、みんなが静かになるとマディソンが言った。

「クレアとコディを歓迎するこの場を借りて申し訳ないけど、発表したいことがあるの。わたしたち、赤ちゃんができたの。予定日は来年の七月よ」

みんながいっせいに拍手喝采し、また食事が続いた。クレアは自分のときと比べずにはいられなかった。ミラン家の人々は家族のおめでたにこれほど大喜びするのに、わたしの妊娠には一言の言葉もなかった。そもそも妊娠をニックに告げなかった自分が悪いのだが、もし当時彼らが知っていたとしても、これほど拍手喝采されることはなかっただろう。ニックをちらりと見ると、驚いたことに彼もクレアを見ていた。彼も同じことを考えていたのだろうか。

晩餐会はにぎやかで楽しかった。ふと見ると、ニックの父がコディを膝にのせて手品を見せていた。クレアは驚き、わたしの人生は変わりつつあるのだと実感した。それと同時に、ニック側の祖父母がコディを気に入ってくれ、コディもこちらの祖父母を好きになったらしいことがうれしくもあった。

午後九時、ニックの両親が帰る前、イヴリンがクレアをハグした。「ありがとう、わたしたちがコディに会いにヒューストンに行くのを許してくれて」

「ええ、心から歓迎します。ヒューストンに来られたときはぜひうちの家に泊まってください。コディもきっと喜びます」

「ご親切にありがとう、クレア。すぐにでもうかがいたいわ」

両親を送り出してドアを閉めると、ニックが歩み寄ってきた。「ありがとう、両親を寛大に受け入れてくれて」

「実のお祖父さまとお祖母さまだもの、コディにも好きになってもらいたいから」クレアはそう言ってニックに背を向けた。今夜はコディには夜更かしを認め、夜十時になったら寝かしつけて、そのあとまたみんなと合流した。

　最後の夫婦が帰ったときはもう午前零時近かった。走り去る車を見送りながら、ニックがクレアの肩に腕を回した。「すばらしい一夜だった。さあ、中へ入ろう。やっと二人きりになれた」ニックはドアを閉めて自室へ向かった。「クレア、今夜のきみは最高だったよ。コディもだ。うちの家族はみんなきみたち二人が大好きになったよ。コディに対する両親の反応は予想外だったな。ぼくがオースティンにいる間はコディに会えないと言うと、二人ともひどく残念そうだった」

　クレアは驚いてニックを見た。「お父さまも？」

「ああ、あの父もだよ」ニックがうなずいた。「今夜会うまで気づかなかったが、両親も齢《とし》を取ったんだな。父もかつての勢いはなく優しくなった。コディと会った今、二人ともさらに変わってきている」

　クレアはニックを見つめながら、そんな両親の反応がニックにどんな影響を与えるかと考えていた。

「もしお父さまが、議会の会期中あなたがオースティンに住むことを喜んでおられないとしたら、それは大きな変化ね」

「きみとコディのおかげでぼくの、そしてみんなの世界が根底からひっくり返ったんだ。永遠にね」

　ニックに強い視線で見つめられ、クレアの胸が高鳴った。ニックが政界への野望を考え直す可能性はあるのだろうか。牧場でコディと過ごした時間が、彼の人生を新たな面から見つめ直すきっかけになったのではないか。さらに大きな問いが頭に浮かぶ。ニックが恋に落ちる可能性はあるのだろうか。

その問いを突きつめるまもなく、ニックが自室のドアを閉めてクレアに向き直った。「さあ、もう家族のことも何もかも忘れよう。これからは二人の時間だ。朝からずっとこの時間を待っていた」ニックが顔を寄せて唇を重ねた。強く抱きしめられ、クレアはすべてを忘れて彼のキスに応えた。

ニックが眠りに落ちたあとも、クレアは目覚めたまま、この一週間のことと自分たちの未来について考えていた。わたしはニックを愛している。彼の思いやり深さやコディに注がれる愛、情熱的な行為、そのすべてに彼への思いがいっそう強くなる。それだけに、四年前の別れ以上に大きくなるであろう心の傷には耐えられそうにない。しかも今回はコディをも巻き込むことになる。それを避けるためには、彼と距離を置かなければならない。

ニックは自分の将来の道筋をしっかり描いている。そこには四年前と同様、わたしとの結婚は含まれていない。

どんなにつらくても、表面だけで無意味な彼との関係は断ち切らなければならない。これ以上ニックと親密になればわたしはきっと傷つく。彼は心など関係なく、欲望だけで動ける人なのだ。

熱い涙がこみ上げ、頬を濡《ぬ》らす。しっかりしなさい、とクレアは涙を拭いた。わたしはすでにニックを愛し、傷ついている。でも、これ以上傷つくのを防ぐことはできるはずだ。今後、コディとニックとの面会のたびに彼に会うのは控えなければ。

午前四時、クレアはローブを羽織ってベッド脇に立ち、ニックに向き合った。「自分の部屋に戻るわ。あなたは、これからコディとの時間をどう分け合うかを考えてみて。あなたのご家族ももっとコディに会いたいでしょうし、あなたもあの子との時間がほしいでしょう。あなたの考えを聞いて、それから二人で決めていきましょう」

　ニックも腰にシーツを巻いて立ち上がり、ベッドを回ってクレアの肩に手を置いた。クレアは彼の顔を見上げ、集中しようとしたが、どうしてもむき出しのたくましい胸板や広い肩、シーツを巻いただけの腰に目を奪われてしまう。彼の魅力に抗《あらが》わなければと思いつつ、日ごとにそれが難しくなっていた。

「わかった。急ぐつもりはないし、決めるには時間もかかるだろう。コディはまだ小さいから、ぼくのところへ来るにはヒューストンまで迎えに行く必要があるだろうし」

　クレアはかぶりを振った。「わたしはあの子の付き添いであなたと顔を合わせるつもりはないし、あなたもそれを望んではいないでしょう。どうすればいいか考えて。あなたと親密になるたびに気持ちが振り回されて、こんな関係、続けてはいけないわ。だからわたしたちはこれで終わりにしましょう。コディや家族のいる場では今後も会うことはあるけれど、それだけよ。あなたの人生もわたしの人生も道筋は決まっていて、それが交わることは決してないの。お互い、またひどく傷つく前にやめなければ」

「クレア、きみの言うことはもっともだが、ぼくは終わりになんかしたくない」

「わたしたちには未来はないの。これからたまに会うたびにあなたと寝る人生を送るつもりはわたしにはないわ。二人きりで会ったり食事したりするのももう終わりよ。そんなことをしても、また互いに傷つくだけだもの」クレアはそう言うとニックに背を向け、自分の部屋へ戻った。

　日曜日、ニックはクレアとコディを乗せた飛行機を手を振って見送った。機上の二人も窓から手を振り返した。二人が去っていくのはつらい。心が引き裂かれるようだ。この二年間、一人で生きることを学んできたはずが、まさかこれほど空虚な気持ちになるとは。クレアにそばにいてほしい。彼女が再び自分の人生から去っていくと考えただけで耐えられない。いつの間に彼女への思いがこれほど深くなったのだろう。

家へ車を走らせながら、両親がヒューストンに住むクレアを訪ねるつもりであることを考える。以前は彼女に興味も示さなかったのに。また、当分はオースティンで暮らすことになると伝えたときの両親の悲しげな顔を思い出す。ひょっとしたら父はぼくの政界進出を喜んでいないのでは――そんな思いが初めて頭に浮かぶ。

牧場でクレアに問われたことを改めて考える。そもそもぼくが政治家の道を選んだのは自分のためか、それとも父を喜ばせるためだったのか？

自宅の私道に車を入れたニックは、門扉の手前で車を停《と》めた。自分の人生が流砂の上に築かれたようで、今では足もとさえおぼつかない。クレアへのこの気持ちはただの欲望か、それともベッドの外でも、人生の伴侶として必要としているのか。

まだわからない。だが、できるだけ早く答えを見《み》出《いだ》さなければ。

帰宅したニックは携帯電話を取り出し、休暇中に入っていた電話をすべてチェックして仕事にかかった。だが、以前のペースを取り戻そうとしてもなかなか集中できず、結局はあきらめて、今後コディとの時間をどう分け合っていくかを考え始めた。ワシントンＤＣへ行くのはまだ先の話だが、一月から六月までの州議会会期中はオースティンで暮らす。クレアは祖父母の世話をしながらヒューストンで三店舗を展開する会社の経営もしている。そんな問題をあれこれ考えているうち、三人で牧場で楽しく過ごした一週間を、コディを見守る喜びをまた思い出していた。今朝別れたばかりで、二人が恋しくてたまらないからかもしれない。月曜日になれば多忙にまぎれて気分もましになるだろう。

　だが、翌朝目覚めて着替えながらも、ニックはまたクレアとの思い出にひたってしまっていた。クレアが恋しい。寝室のベッドを目にすると、腕の中のクレアを思い出す。彼女ともう二度と愛を交わせないなんて考えられない。これまでもクレアと別れるたびに彼女が恋しかったが、またすぐ会えるとわかっていた。だが今後は、コディを迎えに行ったり送っていったりする際にちょっと顔を合わせるぐらいしかできなくなる。いや、ことによると、応対するのは彼女の祖母やナニーかもしれない。

　クレアとコディと牧場で過ごした日々はすばらしかった。彼女が去った今、心は空虚で望みもなく、深く傷ついている。再びクレアに恋してはだめだと、自分の心を守ろうと努めてきた。彼女と楽しく過ごし、ベッドをともにしながら、心は守られていると思い込んでいた。

　だが、それは間違いだった。

　別れを告げられてこれほど傷つくとは、ぼくはクレアを愛しているのだろう。そして本当の幸福をもたらしてはくれない理由のせいで、考えうる限り最高の人生を、そして最高の女性を、今失おうとしている。

　クレアを愛している。何か行動しなければ。

　ニックは携帯電話を取り出して彼女にかけたが、留守番電話のメッセージを聞いて電話をしまった。

「クレア」彼女がほしい。恋しくてたまらない。今すぐ目の前に現れてくれないか。今度こそ彼女を失いたくない。だが、四年前に無理だったことが、今回どうすれば解決できるだろう。

　クレアはぼくと結ばれるために自分の生活を一部でも譲る気はあるだろうか？　彼女を幸せにするために、ぼくは何を変えればいい？　何か方法があるはずだ。だが今回は、自分が人生で真に求めるものは何か、何を手放せるかをよく考えなければ。政治家としてのキャリアはクレアを失ってまで手に入れるに値するものか？　カウボーイとしての仕事も夢ではあったが、クレアと人生をともにするためには、自分がヒューストンへ移るしかない。

クレアを引っ越しさせて幸せでいさせる方法はあるか？　ニックはデスクに歩み寄り、ヒューストンでクレアにとって大切なものをリストにして書き出した。その紙を見つめ、ありとあらゆる可能性を考える。何か方法があるはずだ……。

月曜日、クレアは会社に電話を入れて、出社が少し遅くなると伝えた。仕事に集中できるとは思えなかった。ニックの甘い言葉も、一緒にいる楽しさも、そして情熱的な夜も、たまらなく恋しかった。四年前以上に彼を愛している。ニックと再会したときは、もう傷つくことはないと思っていた。それなのに、以前よりもっと心ひかれてしまっている。二人が伴侶として結ばれることはないのに、コディのために今後も顔を合わせなければならない。

コディとの時間を分け合う方法を、わたしはニックに考えてとゆだねた。変化を求めているのはニックなのだから、彼に案を出してもらって、そこから決めていくしかない。

わたしはヒューストンを離れることはできない。家族に対する責任はますます大きくなっている。祖父母を見捨てることはできないし、祖父とともに築き上げてきた、祖父にとって大切な店を閉めるつもりもない。

でも、一つ変わったことがある――ニックの両親だ。自分がオースティンで暮らす期間はコディに会えないとニックに告げられたときの二人の寂しそうな顔が目に浮かぶ。オースティンでさえそうなのだから、今後ニックがワシントンＤＣに住むことになれば、ますますコディと会えなくなるだろう。賢明な彼の両親はそれにも気づいているはずだ。

　ニックがクレアとの結婚を望んでいた四年前はわたしに会おうともしなかった彼の両親が、まさかあれほどコディを大切に思ってくれるとは。二人が孫を切望していて、会った瞬間からコディに愛情を注いでくれる姿は驚きだった。ヒューストンまで会いに行ってもいいかときかれ、そうしてほしいと心から思った。これは大きな変化だ。このことが、ニックの今後の決断に何か影響を与えるだろうか。

　クレアの思いは再びニックへ、そして楽園のような牧場で彼と過ごしたすばらしい一週間へと飛んだ。さっき彼からかかってきた電話に出たい気持ちを必死でこらえた。ニックを愛している。ニックに会いたい。コディの時間を彼と分け合う未来など、とても考えられないけれど、なんとかしなければ。

　部屋で一人、こらえきれず涙があふれた。コディの受け渡しの短時間だけ顔を合わせる、そんな日々に耐えられるだろうか。あるいは、また彼が誰か別の女性と再婚するのを見ていられるだろうか。

　コディを彼に数日間預けるのもつらいだろうが、コディが悲しむと思うと拒否することはできない。ニックはすばらしい父親だし、コディもすっかりなついている。いろんな意味で、ニックがコディの人生にかかわってくれたことには感謝している。あの子の心の穴を埋めてくれた。わたしの人生の穴を埋めてもらえないのは残念だが。

　電話の着信音が鳴った。見ると、またニックからだ。クレアは電話に出なかった。まだ彼と話はできない。電話しながら泣き出してしまうと困る。まもなく、ショートメールが届いた。〈コディのことについて考えた。話し合おう。来週の木曜日七時ごろ、夕食に出られないか？　六時に迎えに行ってコディとも会いたい〉

クレアは短く〈了解〉と返事した。ニックは何を考えているのだろう。結局また、四年前のように辛辣な言葉の応酬に終わるのではないだろうか。

しばらくして、祖母がコディの散髪と買い物に出かけた。クレアが遅い朝食をとっていると、玄関のベルが鳴った。出てみると、配達員が赤いバラと白いラン、アンセリウムとグラジオラスの巨大な花束を手に立っていた。箱は青い包装紙で包まれ、大きな青いリボンで飾られている。

ドアを閉めたクレアはすぐ、花に添えられていたカードを開いた。〈クレア、わたしたちにかわいい孫を与えてくれてありがとう　愛をこめて、ピーター　イヴリン〉

クレアははっとして改めて花を見た。もしあのときニックに妊娠を告げていたら、ひょっとして何かが変わったのではないだろうか。それは答えの出ない問いだ。四年前の当時は、ニックの父親は息子を政界で出世させることに一生懸命だった。けれども、コディの存在を知り、彼の両親も年老いた今、父親は息子の政界での成功よりも、孫のいる生活を望んでいる。

箱にはコディ宛てのカードも入っていた。クレアはほほえんだ。コディには今や、愛してくれる祖父母が四人もいる。わたしとニックが結ばれさえすれば――

クレアはそこで思いとどまった。はかない希望にすがってはだめ。現実を受け入れてニックと話し合い、前に進むしかない――心の傷を抱えたまま。

木曜日、ニックを待ちながら着替える間も、クレアはずっとそう自分に言い聞かせていた。

コディは階下の居間で遊んでおり、祖母が見てくれている。クレアの支度は少し遅れていた。玄関のベルが鳴ったが、コディと祖母はしばらくニックとおしゃべりしながら待っていてくれるだろう。

　ようやく支度が終わると、クレアは鏡に自分の姿を映し、長袖の紺のワンピースのしわを直して、ダイヤのネックレスとチャームのついたブレスレットをなぞった。冷静さを保てているというはかない望みを抱きつつ、クレアは黒の小ぶりなバッグを手に階下へ向かった。

　足音が聞こえ、クレアが居間に入ってきた。ニックは胸を高鳴らせてすぐ立ち上がった。本当に美しい。体が熱くなり、食い入るように見つめたくなるのをけんめいにこらえる。本当は今すぐ駆け寄ってこの腕に抱きしめたい。

　クレアがふっくらした赤い唇に笑みを浮かべ、また心が奪われる。できることなら、誰にもじゃまされない自分の部屋で二人きりになりたい。

「座って、ニック。お祖母ちゃんとコディと楽しくおしゃべりしていた？」

「ニックがわたしにプレゼントがあると言ってくれて。前回来たときはわたしがいなかったから、今夜持ってきてくれたの」祖母が手にした箱の中には、細い金のチェーンのついた金のロケットが入っていた。表面に祖母のイニシャルが刻印されている。ふたを開けると、中にはクレアとコディの写真と、コディ一人の写真が入っていた。

「ニック、すてきだわ」クレアはニックにほほえみかけ、祖母に目をやった。「よかったわね。向こうを向いて、つけてあげる」

　座ったまま背を向けた祖母の首にチェーンをかけてやると、祖母は向き直ってロケットを見た。「きれいだわ、ニック。大事にするわ、ありがとう」

「気に入ってもらえてよかった」

「ぼくもプレゼントもらったよ」

　クレアはコディが差し出した本を受け取り、ニックにほほえみかけた。「いいわね、コディ。寝る前におばあちゃんと読んでね」

「ええ、読みましょうね」祖母がうなずいた。

それから三十分ほど話をしたあと、クレアは立ち上がった。「ニックがどこかお店を予約しているんじゃないかしら」

ニックも立ち上がってコディを抱き上げた。「今夜はいい子でいるんだよ」

コディがニックに抱きついて頬にキスをした。

「本ありがとう」

「どういたしまして。明日の朝、一緒に読もう」ニックもコディを抱きしめて頬にキスをし、そのまま玄関まで抱いていくと、もう一度抱きしめてから床に下ろした。

クレアを車の助手席に乗せ、ニックは運転席に乗り込んで車を発進させた。

「今夜もきれいだよ。さっきは言えなかったけど」道路から目を離さないままニックが言った。カクテルパーティで初めて会った日からずっと、クレアにはいつも心を奪われてきた。あのころから齢を重ねて、さらに魅力が増したようだ。

クレアが答えた。「ありがとう。あなたもすてきよ。次の選挙では女性票を独占するでしょうね」

ニックがほほえんだ。「見た目だけで選ばれるんじゃないといいが」

到着した高層ホテルの広々としたエントランスはクリスマスのイルミネーションで輝いていた。

ニックはエンジンをアイドリングしたまま、クレアに向き直った。「ぼくが泊まっているホテルだ。ぼくの部屋で食事をしないか？ 今後のコディのことについてもゆっくり話せるし。レストランは使いたくないんだ。感情的になることもあるだろうし」

クレアはしぶしぶうなずきながら、今夜また人生が大きく変わることを予感していた。

11

胸を高鳴らせてクレアはうなずいた。「いいわ。ただし、食事と会話だけ。それ以外は何もしないで。もうあんなことは……」それ以上は言えない。裸のニックの姿が頭に浮かんで体が熱くなってしまう。

「あなたの提案を聞いて、コディのことを取り決めたらすぐ帰るわ」

「レストランの料理をルームサービスで頼んでおいた。三十分ほどで届くはずだ。きみにはロブスター、ぼくにはステーキ——どうだい？」

「いいわね」そう答えながらクレアは考えていた。今夜もまたわたしは傷つくのだろうか。これからコディとの時間をニックと分け合わなければならない。彼は何を提案してくるのだろう。

　ニックは車をホテルの正面につけ、駐車係にキーを預けると、クレアの腕を取ってロビーに入り、エレベーターで最上階の部屋へ向かった。「きみにちょっとしたクリスマスプレゼントがあるんだ」彼はそう言って客室のロックを解除し、クレアのコートを受け取って自分も脱いだ。部屋の優美なインテリアもほとんど目に入らないまま中に入ると、ソファのそばのガラステーブルの中央に、クリスマスツリーのように飾られた小さなローズマリーの鉢植えがあった。その枝にプレゼントの包みが一つかけてある。つやのある赤い包装紙に銀のリボンがかかった小さな箱だ。

「クリスマスツリーはホテルのじゃない、ぼくが用意したものだ。プレゼントもきみ宛てだが、箱を開ける前に話をしよう」そう言うニックの青い瞳をちらりと見た瞬間、クレアの胸はまた高鳴った。視線が彼の唇へとさまよい、大きく息を吸う。このまま、彼のキスの誘惑に屈することなく、感情的になって泣き出すことなく、最後まで乗り切れるだろうか。

ニックが咳払《せきばら》いした。彼も緊張しているようだ。

「まず、ぼくたちのことを時間をかけて考えた。きみとコディと牧場で過ごした一週間は特別だった」

ニックが近づいてきてクレアの腰に両手を置いた。その手が小刻みに震えている。そしてニックは、もう二度と聞くことはないだろうと思っていた、今では恐れている言葉を口にした。

「クレア、愛している」

クレアは目を閉じて深く息を吸った。胸の奥に痛みが広がっていく。「忘れようと努力してきたけれど、わたしもずっとあなたを愛していたわ」そう言ってから目を開け、ニックを見上げる。「でも、そんな気持ちで二人の問題は何も解決しない、むしろ積み上がっていくだけよ」

だがニックはさらに続ける。「きみとコディのそばにいたい。きみたちと人生をともにしたいんだ」

クレアは眉をひそめた。それが不可能なことは彼もわかっているはずだ。まさか、四年前のあの言い争いを繰り返すつもりだろうか。

「クレア、牧場でのあの一週間は、ぼくの人生で最高の日々だった。あれから立ち止まって考え、ぼくは本当の人生を、愛を、家族を、失おうとしているのかもしれないと思った。きみの求めるものと自分の求めるものについて考え、きみを幸せにするために何を捨てられるかを考えた」

クレアはニックをまじまじと見つめた。息をするのさえ怖い。彼からこんな言葉を聞くのは初めてだ。

「まずぼくの提案を聞いてくれ。それから話し合おう」

クレアはうなずきながら、どんな提案だろうと考えた。ニックは政治家だ。相手が聞きたがっている言葉を語り、自分の思いどおりに操るのはお手の物だろう。けれども心の片隅では、彼の言葉一つ一つに期待をかけている。わたしの幸せのために自分の何かを捨てるなど、今まで聞いたことがない。

「きみがヒューストンを離れたくないことはわかっている。お祖父《じい》さんお祖母《ばあ》さんの世話をし、不動産会社の三店舗の経営を続けたい、そうだろう？」

「そうよ」クレアはささやいた。ニックは何を提案するつもりなのだろう。

「じゃあ、ぼくの希望を言うよ。政治家として、弁護士としてのダラスでの生活と、牧場での生活について考えてみた。きみのおかげで立ち止まって考えることができたんだ。ぼくは牧場の仕事が大好きだ、それなのになぜ他の生き方を選ぶ？　だが、弁護士の仕事ならヒューストンに引っ越してもできる。ぼくがヒューストンに移ることできみが幸せになるなら、そうするよ」

クレアはニックを見つめた。聞き間違いだろうか。

「政治家のキャリアを捨てるというの？」

「ああ。きみとコディと生きていくためならなんでもする。だが、まずぼくの提案を聞いて、意見を聞かせてくれ。きみのお祖父さんとお祖母さんにもぼくの牧場へ移ってもらい、お祖父さんには看護師や介護士を必要なだけつけて、じゅうぶんな介護を受けてもらう。もし牧場で暮らすのがいやなら、みんなでダラスで暮らし、ぼくはそこで弁護士の仕事をしてもいい。もちろん、お祖父さんお祖母さんにもぼくたちの家に住んでもらって」

クレアはまたもや驚きに目を見張った。ぼくたちの家……それはつまり、プロポーズだろうか？

「あなた、忘れているんじゃ――」

「しいっ、最後まで話を聞いて」ニックが彼女の唇に軽く指で触れた。「ヒューストンの店の実務には誰か人を雇って、きみはダラスでまた新店舗をオープンすればいい。うちの家族にはそれぞれ人脈があるから、顧客に困ることはないはずだ。建築事務所もいくつか知っているし」そこでニックは一歩前に出た。「ここまではどうかな？」

クレアはぼうっとしたままニックを見つめた。

「いいと思うわ。祖父母のこともわたしの仕事も、あなたの牧場も仕事もすべてクリアしている。でも一つだけ大事なことが残っているわ、ニック。わたしたち――わたしとコディのことよ」

「ああ。その話をする前に、まずぼくの覚悟を知ってもらいたかったんだ。クレア、きみとコディが帰ってから、ぼくの毎日は空っぽだった。もうあんな日々を送りたくはない」ニックはそう答えると、クレアの腰に両手を回して引き寄せた。「愛しているよ、クレア。心から愛している。きみを幸せにするためならなんでもする」

心臓が早鐘を打ち、息ができなくなる。「ニック」クレアはこみ上げる涙をこらえ、彼の首に腕を巻きつけた。「本当にそうしてくれるの？」

「ああ、それで愛するきみとコディを手に入れられるならね。きみの望みはすべてかなえる。もう二度ときみを失いたくない。結婚してくれるかい？」

「ニック」喜びで胸がいっぱいになる。クレアはつま先立ってニックにキスをした。

ニックもクレアを強く抱きしめ、キスを返した。クレアの頬に喜びと安堵《あんど》の涙がとめどなく流れた。これから孤独な夜が続くのかと胸を痛めていたのに、ニックはわたしを幸せにし、一緒に暮らすためならなんでもすると言ってくれている。

「泣かないでくれ。泣かせるつもりなどなかった。約束するよ、クレア、もう二度ときみを傷つけない。望みがあればなんでも言ってくれ。愛している。結婚してくれるね？」ニックが繰り返した。

「するわ」クレアは泣き笑いで答えた。「ニック、四年前は本当に傷ついたし、あなたを求めていたわ。あなたと結婚する」またニックにキスしたクレアは、彼の言葉を改めて考えてたずねた。「本気なの、今の任期を終えたら政治の世界から退くつもり？」

「もう辞任してきた。明日のニュースに出るよ」

クレアはあぜんとしてニックを見つめた。「辞任した？　テキサス州議会議員を？」

「ああ。今すぐ辞めたほうが今後のことを考えやすいと思って」

「驚いたわ。わたしのために？」

「ぼくが本気だと知ってもらいたかったんだ。愛している、クレア。もう二度と離さない」

「お父さまには話した？」

「話したよ。父はこれでもっとコディと会えると喜んでいた。母はもっと大喜びさ。ぼくたちがつき合っていた四年前にきみと会わなかったことを後悔していると言っていたよ」

「次から次へと驚くことばかりだわ」クレアはニックを見つめ、愛をこめてキスをした――もう隠すことも否定することも必要ない愛を。そして一歩下がり、大好きな青い瞳を見つめた。この人はわたしのために大きな決断をし、自分にとって大切なものを捨ててくれた。今度はわたしの番だ。「ニック、祖父母が落ち着いたあと、ダラスに店舗を開くのもいいけれど、もしあなたが牧場に腰を据えたいのなら、わたしもヴェリティに引っ越すわ。コディを育てるにもあの牧場はすばらしい場所だもの」

　ニックがクレアを抱きしめてキスをした。クレアも目を閉じ、喜びと愛をこめてキスを返した。熱いキスに喜びがあふれる。ニックはわたしを愛してくれている、わたしたちとコディは家族になるのだ。

　やがて、クレアは唇を離してニックを見上げた。

「本当に、わたしのためにヒューストンへ引っ越すつもりだったの？」

「ああ、そのつもりだったよ。いろいろ考えて、何よりも大切なのは愛する女性と息子、自分の家族だと気づいたからね。それこそがぼくの幸せだと」

「コディは大喜びよ、みんなで牧場で暮らすと知ったら」自分も子どものようにわくわくしてきて、クレアはくすくす笑った。「ニック、まず祖母と祖父に確かめさせて、引っ越ししてもいいかどうか」

「もちろん。まずきみから話してくれ、そのあとぼくからも話すよ。お祖父さんに必要な医療的ケアはすべて用意する。きみとの結婚の許しをお祖父さんに乞うべきかな?」

クレアは笑った。「その必要はないんじゃないかしら、わたしたちにはもう三歳の息子もいるし」

「ツリーにかけてある早めのクリスマスプレゼントを覚えているかい? 開けてごらん」

クレアはローズマリーの枝にかかった小箱を外した。リボンを丁寧にほどく間も、ニックは彼女のこめかみや耳、のどもとにキスの雨を降らせている。ニックが見つめる中、クレアは包み紙を取って箱のふたを開けた。中には黒い小箱が入っており、クレアはニックをちらりと見てからふたを開けた。大きなダイヤモンドを小さなダイヤが取り巻いたきらめく指輪が表れ、クレアははっと息をのんだ。「まあ、ニック、きれいだわ」

ニックが指輪を取り、クレアの手を取った。「愛しているよ、クレア。ぼくの心はきみのものだ」

「愛しているわ」クレアも繰り返した。喜びの涙が再びあふれてくる。クレアはニックを抱きしめ、ニックは彼女にキスをしてベッドへ運んでいった。

しばらくして、ニックの腕に抱かれたまま、クレアは少しひげが伸び始めた彼のあごを指でなぞった。

「ニック、本当にあなたが好きよ。初めて出会ったあの日からずっと、あなた以外に誰もいなかったわ。

これからもずっと」答えようとするニックの唇を唇でふさぎ、強く抱きしめる。幸せでめまいがする。

「これから一生、あの激しい言葉をぶつけて別れた日のことをつぐなっていくよ。本当に——」

クレアは彼の唇に指を押し当てた。「しいっ、もう終わったことよ。忘れて、ニック。わたしも忘れるわ。こうしてまた結ばれたことが何より大切よ」

そう言って彼女は身を起こし、ニックを見下ろした。

「クリスマスはもう来週よ。あなたの予定は？」

「今年はクリスマスイブに家族全員で両親の家に集まり、クリスマス当日はそれぞれで過ごすことになっている。午後にはきみの家へ行き、それからお祖父さんお祖母さんも全員、ワイアット家のクリスマスディナーに招待するよ」

「もしできるなら、クリスマスイブにうちへ来て。ご両親の家でのディナーに参加できなくて申し訳ないけど、あなたが来てくれたらうれしいわ」

「そうするよ」ニックがクレアに軽くキスした。

クレアはベッドから下りた。「そろそろわが家に帰るわ。ここに泊るわけにはいかないし」

「わが家、か」ニックが言った。

彼の唇からこぼれたその言葉が心地よかった。

ニックに車で送ってもらいながら、クレアは彼の膝に手を置いた。「ニック、子どものことを話していなかったわね。わたしたち、長い年月を無駄にしてしまったし、コディはもう三歳よ。あの子にきょうだいをつくってあげたいの」

ニックがほほえんだ。「すばらしい考えだ。早いほうがいいな、きみさえよければ」

「だったら、わたしは牧場に引っ込んで子育てに励もうかしら」

「それもいいね」

クレアは笑った。「コディはきっと大騒ぎするわ。

牧場に引っ越すとなれば、一週間は眠れないかも」

「だったら、二人ともクリスマスまで休暇を取って牧場へ行かないか。お祖母さんとお祖父さんは飛行機でお連れするし、お祖父さんに必要な看護師やヘルパーも手配するよ」

「二人の意向をきいてみるわね」運転するニックを見ていると、大きく変わった人生に、クレアの中にまた喜びがこみ上げてきた。「心から愛しているわ、ニック。この気持ちはとても表現しきれない」

「明日の朝、コディにニュースを伝えに来るよ」ニックがクレアに軽くキスをした。「カメラを用意しておいてくれ」

12

スクエアなネックライン、半袖で膝丈の細身の白いシルクのドレスをまとい、クレアはヒューストンの教会の玄関ホールに立っていた。大叔父と腕を組んで、結婚指輪を捧《ささ》げ持ったコディが通路を進んでいくのを見守る。

通路の最前列には祖母が座っている。その隣には看護師に付き添われた祖父が、特別に車椅子から下りて椅子に座っている。

いよいよ自分が通路を進む番となり、クレアは視線をニックに向けた。黒のスーツ姿がいつにもましてハンサムだ。

ニックがクレアの手を取り、二人並んで誓いの言葉を復唱した。隣にはコディが満面の笑顔で立っている。ニックがクレアの手を握りしめ、クレアはニックを見上げた。

二人を夫婦とする宣言がされると、ニックはコディを抱き上げ、三人で通路を歩いていった。玄関ホールまで来ると、ニックが向き直ってコディとクレアを抱きしめ、くぐもった声で言った。「二人を心から愛しているよ」

コディがにっこり笑った。「ぼくもだいすき、パパもママも」

「みんなで幸せになろう。そのために力を尽くすよ」ニックが言った。

「一番幸せなのは誰かしら——コディ、それともわたし？」クレアが答えた。

「まずは披露宴だ」

結婚式はささやかだったが、披露宴はテキサス中の親族や友人たちを招く盛大なものとなった。日取りは一月、会場はヒューストンのカントリークラブだ。楽団が音楽を奏でる中、クレアとニックは招待客たちの間を回った。やがて二人はミラン一族の一団に囲まれた。

トニーが言った。「きみは凄腕《すごうで》だな。兄貴をついにカウボーイにしたんだ。まさかこんなことになるとは思わなかったよ」

ニックはクレアの腰に腕を回したままにやりと笑った。

「一瞬も後悔はしていないんでしょう」マディソンが二人にほほえみかけた。

「ぼくの保安官の任期がもうすぐ切れるから、もし後を継ぐ気があるなら推薦しても——」

「やめてくれ、ワイアット」ニックが笑った。「コディが大人になるまで待つんだな。あの小さなバッジがお気に入りでずっとつけているんだから」

ワイアットが笑った。「いつでも遊びに来てくれ、歓迎するよ」

「ロデオにも連れていかないと」トニーが言う。

「それが難しいところだ。一度見たらずっと連れていけと言うだろうからな」ニックが言った。

男性たちが談笑する中、マディソンがクレアの腕を取って脇へ連れていった。「馬の話はもういいわよね。クレア、あんなに幸せそうなニックは見たことがないわ。正直な話、カレンとの結婚式でもあれほどじゃなかった。あなたとコディと家族になれて、これまでよりずっと肩の力が抜けているみたい」

「よかった。ニックが後悔していなければいいけど。いろんなものを捨ててくれたから」

「後悔なんてかけらもないわよ。わたしたちの祖父の影響で、うちの男たちはみんな牧場愛が強いの。ミラン家にどれほど資産があろうと関係ない。みんな、馬に乗ったりピックアップトラックで牧場を走ったりしているときが一番幸せなの。ニックも決して後ろを振り返ったりしないわ。法律や政治の世界に入ることは父が望んでいたことだけど、今はこうして初恋を成就させたんだから」

「ありがとう、マディソン。そう言ってくれると気が楽になるわ」クレアはほほえんだ。

「ほら、噂《うわさ》をすれば来たわよ、早くパーティを抜け出したいって顔をして」マディソンが笑いながら去っていった。

ニックが近づいてきた。「マディソンを追い払ってしまったかな」

「彼女は気にしないわよ」

「そろそろ抜け出さないか。お祖父《じい》さんはもう家へ送ってもらったし、お祖母《ばあ》さんとアイリーンはコディを連れて、ぼくたちに挨拶するのを待っている。三人を送るリムジンも用意してある。行こう」

「ええ」クレアはニックの手を取り、二人は披露宴会場から出た。クラブの外では、白いリムジンのそばに祖母とコディが立っていた。白髪交じりのナニーのアイリーンもクレアにほほえみかけた。

　クレアは足を止めてアイリーンと少し話してからコディを抱き上げた。「週末には戻ってくるわ。毎晩電話するし、コディからママに電話したいときはお祖母ちゃんに言ってね。わかった？」

「うん、ママ」

「大好きよ」クレアはコディを抱きしめ、首に回された小さな腕の感触を味わってからニックに渡した。ニックも息子をぎゅっと抱きしめた。

「一週間で戻ってくるよ」そう言ってコディを下ろすと、祖母がコディの手を取った。

　クレアは祖母を抱きしめてキスしてからリムジンに乗り込んだ。続いてニックも乗り込み、運転手がドアを閉めた。走り去る車の窓からみんなに手を振り、ニックがクレアを抱き寄せた。

「ミセス・ニック・ミラン。このときをずっと待っていたよ、クレア。愛している」ニックは再び彼女を抱きしめてキスをした。

「愛しているわ、ニック」クレアもニックを抱きしめてキスを返した。喜びがあふれる。早くコディに弟や妹をつくってあげたい。ずっと愛していたこの人と結婚したことが今でも信じられない。指に輝くダイヤモンドのように、ニックとコディと築く家族の幸せな未来が、きらきらと輝いていた。

ハーレクイン®

秘められた小さな命

2024年12月5日発行

著　　者　サラ・オーウィグ
訳　　者　西江璃子（にしえ　りこ）

発 行 人　鈴木幸辰
発 行 所　株式会社ハーパーコリンズ・ジャパン
東京都千代田区大手町 1-5-1
電話 04-2951-2000（注文）
0570-008091（読者ｻｰﾋﾞｽ係）

印刷・製本　大日本印刷株式会社
東京都新宿区市谷加賀町 1-1-1

表紙写真　© Tatyana Tomsickova | Dreamstime.com

ISBN978-4-596-71685-9 C0297

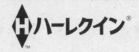

ハーレクイン・シリーズ 12月5日刊 発売中

ハーレクイン・ロマンス

愛の激しさを知る

祭壇に捨てられた花嫁	アビー・グリーン／柚野木　菫 訳	R-3925
子を抱く灰かぶりは日陰の妻 《純潔のシンデレラ》	ケイトリン・クルーズ／児玉みずうみ 訳	R-3926
ギリシアの聖夜 《伝説の名作選》	ルーシー・モンロー／仙波有理 訳	R-3927
ドクターとわたし 《伝説の名作選》	ベティ・ニールズ／原　淳子 訳	R-3928

ハーレクイン・イマージュ

ピュアな思いに満たされる

秘められた小さな命	サラ・オーウィグ／西江璃子 訳	I-2829
罪な再会 《至福の名作選》	マーガレット・ウェイ／澁沢亜裕美 訳	I-2830

ハーレクイン・マスターピース

世界に愛された作家たち
～永久不滅の銘作コレクション～

刻まれた記憶 《特選ペニー・ジョーダン》	ペニー・ジョーダン／古澤　紅 訳	MP-107

ハーレクイン・ヒストリカル・スペシャル

華やかなりし時代へ誘う

侯爵家の家庭教師は秘密の母	ジャニス・プレストン／高山　恵 訳	PHS-340
さらわれた手違いの花嫁	ヘレン・ディクソン／名高くらら 訳	PHS-341

ハーレクイン・プレゼンツ作家シリーズ別冊

魅惑のテーマが光る
極上セレクション

残された日々	アン・ハンプソン／田村たつ子 訳	PB-398

※予告なく発売日・刊行タイトルが変更になる場合がございます。ご了承ください。

12月11日発売　ハーレクイン・シリーズ 12月20日刊

ハーレクイン・ロマンス　愛の激しさを知る

極上上司と秘密の恋人契約	キャシー・ウィリアムズ／飯塚あい 訳	R-3929
富豪の無慈悲な結婚条件 《純潔のシンデレラ》	マヤ・ブレイク／森　未朝 訳	R-3930
雨に濡れた天使 《伝説の名作選》	ジュリア・ジェイムズ／茅野久枝 訳	R-3931
アラビアンナイトの誘惑 《伝説の名作選》	アニー・ウエスト／槙　由子 訳	R-3932

ハーレクイン・イマージュ　ピュアな思いに満たされる

クリスマスの最後の願いごと	ティナ・ベケット／神鳥奈穂子 訳	I-2831
王子と孤独なシンデレラ 《至福の名作選》	クリスティン・リマー／宮崎亜美 訳	I-2832

ハーレクイン・マスターピース　世界に愛された作家たち　～永久不滅の銘作コレクション～

冬は恋の使者 《ベティ・ニールズ・コレクション》	ベティ・ニールズ／麦田あかり 訳	MP-108

ハーレクイン・プレゼンツ作家シリーズ別冊　魅惑のテーマが光る極上セレクション

愛に怯えて	ヘレン・ビアンチン／高杉啓子 訳	PB-399

ハーレクイン・スペシャル・アンソロジー　小さな愛のドラマを花束にして…

雪の花のシンデレラ 《スター作家傑作選》	ノーラ・ロバーツ 他／中川礼子 他 訳	HPA-65

文庫サイズ作品のご案内

◆ハーレクイン文庫・・・・・・・・・・・・・・毎月1日刊行
◆ハーレクインSP文庫・・・・・・・・・・・・毎月15日刊行
◆mirabooks・・・・・・・・・・・・・・・・・・毎月15日刊行

※文庫コーナーでお求めください。